光文社文庫

【怪談コレクション】

白《はく》髪《はつ》鬼《き》

新装版

岡本綺《き》堂《どう》

目次

近代異妖編《きんだいいようへん》

こま犬《いぬ》

一

春の雪ふる宵に、わたしが小石川の青蛙堂《せいあ》に誘い出されて、もろもろの怪談を聞かされたことは、さきに発表した「青蛙堂鬼談」にくわしく書いた。しかしその夜の物語はあれだけで尽きているのではない。その席上でわたしがひそかに筆記したもの、あるいは記憶にとどめて書いたもの、数《かぞ》うればまだまだたくさんあるので、その拾遺《しゅうい》というような意味で更にこの「近代異妖編」を草《そう》することにした。そのなかには「鬼談」というところまでは到達しないで、単に「奇談」という程度にとどまっているものもないではないが、その異《い》なるものは努めて採録した。前編の「青蛙堂鬼談」に幾分の興味を持たれた読者が、同様の興味をもってこの続編をも読了してくださらば、筆者のわたしばかりでなく、会主の青蛙堂主人もおそらく満足であろう。

これはS君の話である。S君は去年久し振りで郷里へ帰って、半月ほど滞在していたという。その郷里は四国の讃岐《さぬき》で、Aという村である。

「なにしろ八年ぶりで帰ったのだが、周囲の空気はちっとも変らない。まったく変らな過ぎるくらいに変らない。三里ほどそばまでは汽車も通じているのだが、ほとんどその影響を受けていないらしいのは不思議だよ。それでも兄などにいわせると、一年増しに変って行くそうだが、どこがどう変っているのか、僕たちの眼にはさっぱり判らなかった。」

S君の郷里は村といっても、諸国の人のあつまってくる繁華の町につづいていて、表通りはほとんど町のような形をなしている。それにもかかわらず、八年ぶりで帰郷したS君の眼にはなんらの変化を認めなかったというのである。

「そんなわけで別に面白いことも何《なん》にもなかった。勿論、おやじの十七回忌の法事に参列するために帰ったので、初めから面白ずくの旅行ではなかったのだが、それにしても面白いことはなかったよ。だが、ただ一つ——今夜の会合にはふさわしいかと思われるような出来事に遭遇した。それをこれからお話し申そうか。」

こういう前置きをして、S君はしずかに語り出した。

僕が郷里へ帰り着いたのは五月の十九日で、あいにくに毎日小雨がけぶるように降りつづけていた。おやじの法事は二十一日に執行されたが、ここらは万事が旧式によるのだからなかなか面倒だ。ことに僕の家などは土地でも旧家の部であるからいよいよ小うるさい。勿論、僕はなんの手伝いをするわけでもなく、羽織袴《はかま》でただうろうろしているばかりであったが、それでもいい加減に疲れてしまった。

式がすんで、それから料理が出る。なにしろ四五十人のお客様というのであるから随分忙がしい。おまけにこういう時にうんと飲もうと手ぐすねを引いている連中もあるのだから、いよいよ遣《や》り切れない。それでも後日《ごにち》の悪口の種を播《ま》かないように、兄夫婦は前からかなり神経を痛めていろいろの手配をして置いただけに、万事がとどこおりなく進行して、お客様いずれも満足であるらしかった。その席上でこんな話が出た。

「あの小袋ケ岡の一件はほんとうかね。」

この質問を提出したのは町に住んでいる肥料商の山木という五十あまりの老人で、その隣りに坐っている井沢という同年配の老人は首をかしげながら答えた。

「さあ、私もこのあいだからそんな話を聞いているが、ほんとうかしら。」

「ほんとうだそうですよ。」と、またその隣りにいる四十ぐらいの男が言った。「現にその啼声《なきごえ》を聞いたという者が幾人もありますからね。」

「蛙じゃないのかね。」と、山木は言った。「あの辺には大きい蛙がたくさんいるから。」

「いや、その蛙はこの頃ちっとも鳴かなくなったそうですよ。」と、第三の男は説明した。「そうして、妙な啼声がきこえる。新聞にも出ているから嘘じゃないでしょう。」

こんな対話が耳にはいったので、接待に出ている僕も口を出した。

「それは何ですか、どういう事件なのですか。」

「いや、東京の人に話すと笑われるかも知れない。」と、山木はさかずきをおいて、自分がまず笑い出した。

山木はまだ半信半疑であるらしいが、第三の男——僕はもうその人の顔を忘れていたが、あとで聞くと、それは町で糸屋をしている成田という人であった——は、大いにそれを信じているらしい。彼はいわゆる東京の人に対して、雄弁にそれを説明した。

この村はずれに小袋ケ岡というのがある。僕は故郷の歴史をよく知らないが、かの元亀天正《げんきてんしょう》の時代には長曾我部《ちょうそかべ》氏がほとんど四国の大部分を占領していて、天正十三年、羽柴秀吉の四国攻めの当時には、長曾我部の老臣細川源左衛門尉というのが讃岐方面を踏みしたがえて、大いに上方勢《かみがたぜい》を悩ましたと伝えられている。その源左衛門尉の部下に小袋喜平次秋忠というのがあって、それが僕の村の附近に小さい城をかまえていた。小袋ケ岡という名はそれから来たので、岡とはいっても殆んど平地も同様で、場所によってはかえって平地より窪んでいるくらいだが、ともかくも昔から岡と呼ばれていたらしい。ここへ押寄せて来たのは浮田秀家《うきたひでいえ》と小西行長《ゆきなが》の両軍で、小袋喜平次も必死に防戦したそうだが、何分にも衆寡《しゅうか》敵せずというわけで、四、五日の後には落城して、喜平次秋忠は敵に生捕《いけど》られて殺されたともいい、姿をかえて本国の土佐へ落ちて行ったともいうが、いずれにしても、ここらでかなりに激しい戦闘が行なわれたのは事実であると、故老の口碑《こうひ》に残っている。

ところで、その岡の中ほどに小袋明神というのがあった。かの小袋喜平次が自分の城内に祀《まつ》っていた守護神で、その神体はなんであるか判らない。落城と同時に城は焼かれてしまったが、その社《やしろ》だけは不思議に無事であったので、そのまま保存されてやはり小袋明神として祀られていた。僕の先祖もこの明神に華表《とりい》を寄進したということが家の記録に残っているから、江戸時代までも相当に尊崇されていたらしい。それが明治の初年、ここらでは何十年振りとかいう大水が出たときに、小袋明神もまたこの天災をのがれることは出来ないで、神社も神体もみな何処へか押流されてしまった。時はあたかも神仏混淆《しんぶつこんこう》の禁じられた時代で、祭神のはっきりしない神社は破却の運命に遭遇していたので、この小袋明神も再建を見ずして終った。その遺跡は明神跡と呼ばれて、小さい社殿の土台石などは昔ながらに残っていたが、さすがに誰も手をつける者もなかった。そこらには栗の大木が多いので、僕たちも子供のときには落栗を拾いに行ったことを覚えている。

その小袋ケ岡にこのごろ一種の不思議が起った——と、まあこういうのだ。なんでもかの明神跡らしいあたりで不思議な啼声がきこえる。はじめは蛙だろう、梟《ふくろう》だろうなどといっていたが、どうもそうではない。土の底から怪しい声が流れてくるらしいというので、物好きの連中がその探索に出かけて行ったが、やはり確かなことは判らない。故老の話によると、昔も時々そんな噂が伝えられて、それは明神の社殿の床下に棲んでいる大蛇《おろち》の仕業《しわざ》であるなどという説もあったが、勿論、それを見定めた者もなかった。それが何十年振りかで今年また繰返されることになったというわけだ。

人間に対して別になんの害をなすというのでもないから、どんな啼声を出したからといっても別に問題にするには及ばない。ただ勝手に啼かして置けばいいようなものだが、人間に好奇心というものがある以上、どうもそのままには捨て置かれないので、村の青年団が三、四人ずつ交代で探険に出かけているが、いまだにその正体を見いだすことが出来ない。その啼声も絶えずきこえるのではない。昼のあいだはもちろん鎮まり返っていて、夜も九時過ぎてからでなければ聞えない。それは明神跡を中心として、西に聞えるかと思うと、また東に聞えることもある。南にあたって聞えるかと思うと、また北にも聞えるというわけで、探険隊もその方角を聞き定めるのに迷ってしまうというのだ。そこで、その啼声だが——聞いた者の話では、人でなく、鳥でなく、虫でなく、どうも獣《けもの》の声らしく、その調子は、あまり高くない。なんだか地の底でむせび泣くような悲しい声で、それを聞くと一種悽愴《せいそう》の感をおぼえるそうだ。小袋ケ岡の一件というのは大体まずこういうわけで、それがここら一円の問題となっているのだ。

「どうです。あなたにも判りませんか。」と、井沢は僕に訊《き》いた。

「わかりませんな。ただ不思議というばかりです。」

僕はこう簡単に答えて逃げてしまった。実際、僕はこういう問題に対して余り興味を持っていないので、それ以上、深く探索したりする気にもなれなかったのだ。

二

あくる日、なにかの話のついでに兄にもその一件を訊いてみると、兄は無頓着らしく笑っていた。

「おれはよく知らないが、何かそんなことをいって騒いでいるようだよ。はじめは蛇か蛙のたぐいだといい、次には梟か何かだろうといい、のちには獣だろうといい、何がなんだか見当は付かないらしい。またこの頃では石が啼くのだろうと言い出した者もある。」

「ははあ、夜啼石《よなきいし》ですね。」

「そうだ、そうだ。」と、兄はまた笑った。「夜啼石伝説とかいうのがあるというじゃないか。ここらのもそれから考え付いたのだろうよ。」

僕の兄弟だけに、兄もこんな問題には全然無趣味であるらしく、話はそれぎりで消えてしまった。しかしその日は雨もやんで、午頃《ひるごろ》からは青い空の色がところどころに洩れて来たので、僕は午後からふらりと家《うち》を出た。ゆうべはかの法事で、夜のふけるまで働かされたのと、いくら無頓着の僕でも幾分か気疲れがしたのとで、なんだか頭が少し重いように思われたので、なんというあてもなしに雨あがりの路をあるくことになったのだ。僕の郷里は田舎にしては珍らしく路のいいところだ。まあ、その位がせめてもの取得だろう。

すこし月並になるが、子供のときに遊んだことのある森や流れや、そういう昔なじみの風景に接すると、さすがの僕も多少の思い出がないでもない。僕の卒業した小学校がいつの間にか建て換えられて、よほど立派な建物になっているのも眼についた。町の方へ行こうか、岡の方へ行こうかと、途中で立ちどまって思案しているうちに、ふと思いついたのは、かの小袋ケ岡の一件だ。そこがどんな所であるかは勿論知っているが、近頃そんな問題を引起すについては、土地の様子がどんなに変っているかという事を知りたくもなったので、ついふらふらとその方面へ足を向けることになった。こうなると、僕もやはり一種の好奇心に駆られていることは否《いな》まれないようだ。

うしろの方には小高い岡がいくつも続いているが、問題の小袋ケ岡は前にもいった通りのわけで、ほとんど平地といってもいいくらいだ。栗の林は依然として茂っている。やがて梅雨になれば、その花が一面にこぼれることを想像しながら、やや爪先あがりの細い路をたどって行くと、林のあいだから一人の若い女のすがたが現われた。だんだん近寄ると、相手は僕の顔をみて少し驚いたように挨拶した。

女は町の肥料商――ゆうべこの小袋ケ岡の一件を言い出したあの山木という人の娘で、八年前に見た時にはまだ小学校へ通っていたらしかったが、高松あたりの女学校を去年卒業して、ことしはもう二十歳《はたち》になるとか聞いていた。どちらかといえば大柄の、色の白い、眉の形のいい、別に取立てていうほどの容貌《きりょう》ではないが、こちらでは十人並として立派に通用する女で、名はお辰、当世風にいえば辰子で、本来ならばお互いにもう見忘れている時分だが、彼女にはきのうの朝も会っているので、双方同時に挨拶したわけだ。

「昨晩は父が出まして、いろいろ御馳走にあずかりましたそうで、有難うございました。」と、辰子は丁寧に礼を言った。

「いや、かえって御迷惑でしたろう。どうぞよろしく仰《おつ》しゃって下さい。」

挨拶はそれぎりで別れてしまった。辰子は村の方へ降りていく。僕はこれから登っていく。いわば双方すれ違いの挨拶に過ぎないのであったが、別れてから僕はふと考えた。あの辰子という女はなんのためにこんな所へ出て来たのか。たとい昼間にしても、町に住む人間、ことに女などに取っては用のありそうな場所ではない。あるいは世間の評判が高いので、明神跡でも窺《うかが》いに来たのかとも思われるが、それならば若い女がただひとりで来そうもない。もっともこの頃の女はなかなか大胆になっているから、その啼声でも探険するつもりで、昼のうちにその場所を見定めに来たのかも知れない。そんなことをいろいろに考えながら、さらに林の奥ふかく進んで行くと、明神跡は昔よりもいっそう荒れ果てて、このごろの夏草がかなりに高く乱れているので、僕にはもう確かな見当も付かなくなってしまった。

それでも例の問題が起ってから、わざわざ踏み込んでくる人も多いとみえて、そこにもここにも草の葉が踏みにじられている。その足跡をたよりにしてどうにかこうにか辿り着くと、ようように土台石らしい大きい石を一つ見いだした。そこらはまだほかにも大きい石が転がっている。中には土の中へ沈んだように埋まっているのもある。こんなのが夜啼石の目標になるのだろうかと僕は思った。

あたりは実に荒涼寂寞《こうりょうせきばく》だ。鳥の声さえも聞えない。こんなところで夜ふけに怪しい啼声を聞かされたら、誰でも余りいい心持はしないかも知れないと、僕はまた思った。

その途端にうしろの草叢《くさむら》をがさがさと踏み分けてくる人がある。ふり向いてみると、年のころは二十八九、まだ三十にはなるまいと思われる痩形の男で、縞の洋服を着てステツキを持っていた。お互いは見識《みし》らない人ではあるが、こういう場所で双方が顔をあわせれば、なんとか言いたくなるのが人情だ。僕の方からまず声をかけた。

「随分ここらは荒れましたな。」

「どうもひどい有様です。おまけに雨あがりですから、この通りです。」と、男は自分のズボンを指さすと、膝から下は水をわたって来たように濡れていた。気が付いて見ると、僕の着物の裾もいつの間にか草の露にひたされていた。

「あなたも御探険ですか。」と、僕は訊いた。

「探険というわけでもないのですが……。」と、男は微笑した。「あまり評判が大きいので、実地を見に来たのです。」

「なにか御発見がありましたか。」と、僕も笑いながらまた訊いた。

「いや、どうしまして……。まるで見当が付きません。」

「いったい、ほんとうでしょうか。」

「ほんとうかも知れません。」

その声が案外厳格にきこえたので、僕は思わず彼の顔をみつめると、かれは神経質らしい眼を皺《しわ》めながら言った。

「わたくしも最初は全然問題にしていなかったのですが、ここへ来てみると、なんだかそんな事もありそうに思われて来ました。」

「あなたの御鑑定では、その啼声はなんだろうとお思いですか。」

「それはわかりません。なにしろその声を一度も聞いたことがないのですから。」

「なるほど。」と、僕もうなずいた。「実はわたくしも聞いたことがないのです。」

「そうですか。わたくしも先刻《さっき》から見てあるいているのですが、もし果して石が啼くとすれば、あの石らしいのです。」

かれはステッキで草むらの一方を指し示した。それは社殿の土台石よりもよほど前の方に横たわっている四角形の大きい石で、すこし傾いたように土に埋められて、青すすきのかげに沈んでいた。

「どうしてそれと御鑑定が付きました。」

僕はうたがうように訊いた。最初はちっとも見当が付かないと言いながら、今になってはあの石らしいという。最初のが謙遜か、今のがでたらめか、僕にはよく判らなかった。

「どうという理屈はありません。」と、彼はまじめに答えた。「ただ、なんとなくそういう気がしたのです。いずれ近いうちに再び来て、ほんとうに調査してみたいと思っています。いや、どうも失礼をしました。御免ください。」

かれは会釈して、しずかに岡を降って行った。

三

僕が家へ帰った頃には、空はすっかり青くなって、あかるい夏らしい日のひかりが庭の青葉を輝くばかりに照らしていた。法事がすむまでは毎日降りつづいて、その翌日から晴れるとは随分意地のわるい天気だ。親父の後生《ごしょう》が悪いのか、僕たちが悪いのかと、兄もまぶしい空をながめながら笑っていた。それから兄はまたこんなことを言った。

「きょうは天気になったので、村の青年団は大挙して探険に繰出すそうだ。おまえも一緒に出かけちゃあどうだ。」

「いや、もう行って来ましたよ。明神跡もひどく荒れましたね。」

「荒れるはずだよ。ほかに仕様のないところだからね。なにしろ明神跡という名が付いているのだから、めったに手を着けるわけにもいかず、まあ当分は藪にして置くよりほかはあるまいよ。」と、兄はあくまでも無頓着であった。

その晩の九時ごろから果して青年団が繰出して行くらしかった。地方によっては養蚕の忙がしい時期だが、僕らの村にはあまり養蚕がはやらないので、にわか天気を幸いに大挙することになったらしい。月はないが、星の明るい夜で、田圃《たんぼ》を縫って大勢が振り照らしてゆく角燈《かくとう》のひかりが狐火のように乱れて見えた。ゆうべの疲れがあるので、僕の家ではみんな早く寝てしまった。

さて、話はこれからだ。

あくる朝、僕は寝坊をして――ふだんでも寝坊だが、この朝は取分けて寝坊をしてしまって、床を離れたのは午前八時過ぎで、裏手の井戸端へ行って顔を洗っていると、兄が裏口の木戸からはいって来た。

「妙な噂を聞いたから、駐在所へ行って聞き合せてみたら、まったく本当だそうだ。」

「妙な噂……。なんですか。」と、僕は顔をふきながら訊いた。

「どうも驚いたよ。町の中学のMという教員が小袋ケ岡で死んでいたそうだ。」と、兄もさすがに顔の色を陰らせていた。

「どうして死んだのですか。」

「それが判らない。ゆうべの九時過ぎに、青年団が小袋ケ岡へ登って行くと、明神跡の石の上に腰をかけている男がある。洋服を着て、ただ黙って俯向《うつむ》いているので、だんだん近寄って調べてみると、それはかの中学教員で、からだはもう冷たくなっている。それから大騒ぎになっていろいろ介抱してみたが、どうしても生き返らないので、もう探険どころじゃあない。その死骸を町へ運ぶやら、医師を呼ぶやら、なかなかの騒ぎであったそうだが、おれの家では前夜の疲れでよく寝込んでしまって、そんなことはちっとも知らなかった。」

この話を聞いているあいだに、僕はきのう出会った洋服の男を思い出した。その年頃や人相をきいてみると、いよいよ彼によく似ているらしく思われた。

「それで、その教員はとうとう死んでしまったのですね。」

「むむ、どうしても助からなかったそうだ。その死因はよく判らない。おそらく脳貧血ではないかというのだが、どうも確かなことは判らないらしい。なぜ小袋ケ岡へ行ったのか、それもはっきりとは判らないが、理科の教師だから多分探険に出かけたのだろうということだ。」

「死因はともかくも、探険に行ったのは事実でしょう。僕はきのうその人に逢いましたよ。」と、僕は言った。

きのう彼に出逢った顚末《てんまつ》を残らず報告すると、兄もうなずいた。

「それじゃあ夜になってまた出直して行ったのだろう。ふだんから余り健康体でもなかったそうだから、夜露に冷えてどうかしたのかも知れない。なにしろ詰まらないことを騒ぎ立てるもんだから、とうとうこんな事になってしまったのだ。昔ならば明神の祟《たた》りとでもいうのだろう。」

兄は苦々しそうに言った。僕も気の毒に思った。殊にきのうその場所で出逢った人だけに、その感じがいっそう深かった。

前夜の探険は教員の死体発見騒ぎで中止されてしまったので、今夜も続行されることになった。教員の死因が判明しないために、またいろいろの臆説を伝える者もあって、それがいよいよ探険隊の好奇心を煽ったらしくも見えた。僕の家からはその探険隊に加わって出た者はなかったが、ゆうべの一件が大勢の神経を刺戟して、今夜もまた何か変った出来事がありはしまいかと、年の若い雇人などは夜のふけるまで起きているといっていた。

それらには構わずに、夜の十時ごろ兄夫婦や僕はそろそろ寝支度に取りかかっていると、表が俄《にわ》かにさわがしくなった。

「おや。」

兄夫婦と僕は眼を見あわせた。こうなると、もう落ち着いてはいられないので、僕が真っ先に飛び出すと、兄もつづいて出て来た。今夜も星の明るい夜で、入口には大勢の雇人どもが何かがやがや立ち騒いでいた。

「どうした、どうした。」と、兄は声をかけた。

「山木の娘さんが死んでいたそうです。」と、雇人のひとりが答えた。

「辰子さんが死んだ……。」と、兄もびっくりしたように叫んだ。「ど、どこで死んだのだ。」

「明神跡の石に腰かけて……。」

「むむう。」

兄は溜息をついた。僕も驚かされた。それからだんだん訊いてみると、探険隊は今夜もまた若い女の死体を発見した。女はゆうべの中学教員とおなじ場所で、しかも、同じ石に腰をかけて死んでいた。それが山木のむすめの辰子とわかって、その騒ぎはゆうべ以上に大きくなった。しかし中学教員の場合とは違って、辰子の死因は明瞭で、彼女《かれ》は劇薬をのんで自殺したということがすぐに判った。

ただ判らないのは、辰子がなぜここへ来て、かの教員と同じ場所で自殺したかということで、それについてまたいろいろの想像説が伝えられた。辰子はかの教員と相思の仲であったところ、その男が突然に死んでしまったので、辰子はひどく悲観して、おなじ運命を選んだのであろうという。それが一番合理的な推測で、現に僕もあの林のなかでまず辰子に逢い、それからあの教員に出逢ったのから考えても、個中《こちゅう》の消息が窺われるように思われる。

しかしまた一方には教員と辰子との関係を全然否認して、いずれも個々別々の原因があるのだと主張している者もある。僕の兄なぞもその一人で、僕とてもかのふたりが密会している現状を見届けたというわけではないのだから、彼等のあいだには何の連絡もなく、みな別々に小袋ケ岡へ踏み込んだものと認められないこともない。そんなら辰子はなぜ死んだかというと、かれは山木のひとり娘で、家には相当の資産もあり、家庭も至極円満で、病気その他の事情がない限りは自殺を図りそうなはずがないというのだ。こうなると、何がなんだか判らなくなる。

さらに一つの問題は、Mという中学教員が腰をかけて死んでいた石と、辰子が腰をかけて死んでいた石とが、あたかも同じ石であったということだ。そのあたりには幾つかの石が転がっているのに、なぜ二人ともに同じ石を選んだかということが疑問の種になった。

誰の考えも同じことで、それが腰をおろすのに最も便利であったから二人ながら無意識にそれを選んだのだろうといってしまえば、別に不思議もないことになるが、どうもそれだけでは気がすまないとみえて、村の人たちは相談して遂にその石を掘り出すことになった。石が啼くという噂もある際であるから、この石を掘り起してみたらば、あるいは何かの秘密を発見するかも知れないというので、かたがたその発掘に着手することに決まったらしい。

当日は朝から曇っていたが、その噂を聞き伝えて町の方からも見物人が続々押出して来た。村の青年団は総出で、駐在所の巡査も立会うことになった。僕も行ってみようかと思って門口《かどぐち》まで出ると、あまりに混雑しては種々の妨害になるというので、岡の中途に縄張りをして、弥次馬連は現場へ近寄せないことになったと聞いたので、それでは詰まらないと引っ返した。

いよいよ発掘に取りかかる頃には細かい雨がぱらぱらと降り出して来た。まず周囲の芒《すすき》や雑草を刈って置いて、それからあの四角の石を掘り起すと、それは思ったよりも浅かったので比較的容易に土から曳き出されたが、まだそのそばにも何か鍬《くわ》の先にあたるものがあるので、更にそこを掘り下げると、小さい石の狛犬《こまいぬ》があらわれた。それだけならば別に子細もないが、その狛犬の頸《くび》のまわりには長さ一間以上の黒い蛇がまき付いているのを見たときには、大勢も思わずあっと叫んだそうだ。

蛇はわずかに眼を動かしているばかりで、人をみて逃げようともせず、あくまでも狛犬の頸を絞め付けているらしく見えるのを、大勢の鍬やショベルで滅茶滅茶にぶち殺してしまった。生捕りにすればよかったとあとでみんなは言っていたが、その一刹那には誰も彼もが何だか憎らしいような怖ろしいような心持になって、半分は夢中で無暗《むやみ》にぶち殺してしまったということだ。

狛犬が四角の台石に乗っていたことは、その大きさを見ても判る。なにかの時に狛犬はころげ落ちて土の底に埋められ、その台石だけが残っていたのであろうが、故老の中にもその狛犬の形をみた者はないというから、遠い昔にその姿を土の底に隠してしまったらしい。蛇はいつの頃から巻き付いていたのかもわからない。中学教員も辰子もこの台石に腰をかけて、狛犬の埋められている土の上を踏みながら死んだのだ。有意か無意か、そこに何かの秘密があるのか、そんなことはやはり判らない。

またその狛犬は小袋明神の社前に据え置かれたものであることはいうまでもない。しからば一匹ではあるまい。どうしても一対《いっつい》であるべきはずだというので、さらに近所を掘り返してみると、ようやくにしてその台石らしい物だけを発見したが、犬の形は遂にあらわれなかった。

この話を聞いて、僕はその翌日、兄と一緒に再び小袋ケ岡へ登ってみると、きょうは縄張りが取れているので、大勢の見物人が群集して思い思いの噂をしていた。蛇の死骸はどこへか片付けられてしまったが、かの狛犬とその台石とは掘り返されたままで元のところに横たわっていた。

「むむ、なかなかよく出来ているな。」と、兄は狛犬の精巧に出来ているのをしきりに感心して眺めていた。

それよりも僕の胸を強く打ったのは、かの四角形の台石であった。かのMという中学教員が——おそらくその人であったろうと思う——ステッキで僕に指示《しめ》して、「もし果して石が啼くとすれば、あの石らしいのです。」と教えたのは、確かにかの石であったのだ。Mはそれに腰をかけて死んだ。辰子という女もそれに腰をかけて死んだ。そうして、その石のそばから蛇にまき付かれた石の狛犬があらわれた。こうなると、さすがの僕もなんだか変な心持にもなって来た。

僕はその後十日ほども滞在していたが、かの狛犬が掘り出されてから、小袋ケ岡に怪しい啼声はきこえなくなったそうだ。

水《すい》鬼《き》

一

A君——見たところはもう四十近い紳士であるが、ひどく元気のいい学生肌の人物で、「野人《やじん》、礼にならわず。はなはだ失礼ではありますが……。」と、いうような前置きをした上で、すこぶる軽快な弁舌で次のごとき怪談を説きはじめた。

僕の郷里は九州で、かの不知火《しらぬい》の名所に近いところだ。僕の生れた町には川らしい川もないが、町から一里ほど離れた在《ざい》に入ると、その村はずれには尾花《おばな》川というのがある。ほんとうの名を唐人《とうじん》川というのだそうだが、土地の者はみな尾花川と呼んでいる。なぜ唐人川というのか、僕もよく知らなかったが、昔は川の堤《どて》に芒《すすき》が一面に生い茂っていたというから、尾花川の名はおそらくそれから出たのだろうと思われる。もちろん大抵の田舎の川はそうだろうが、その川の堤にも昔の名残りをとどめて、今でも芒が相当に茂っているのを、僕も子供のときから知っていた。

長い川だが、川幅は約二十間《けん》で、まず隅田川の四分の一ぐらいだろう。むかしから堤が低く、地面と水との距離がいたって近いので、ややもすると堤を越えて出水する。僕の子供のときには四年もつづいて出水したことがあった。いや、これから話そうとするのは、そんな遠い昔のことじゃあない。といって、きのう今日の出来事ではない、僕の学生時代、今から十五六年前のことだと思いたまえ。

そのころ僕は東京に出ていたのだが、その年にかぎって学校の夏休みを過ぎてもやはり郷里に残っていた。そのわけはだんだんに話すが、まず僕が夏休みで帰郷したのは忘れもしない七月の十二日で、僕の生れた町は停車場から三里余りも離れている。この頃は乗合自動車が通うようになったが、その時代にはがたくりの乗合馬車があるばかりだ。人力車もあるが、僕はさしたる荷物があるわけではなし、第一に値段がよほど違うので、停車場に降りるとすぐに乗合馬車に乗込んだ。

汽車の時間の都合がわるいので、汽車を降りたのは午後一時、ちょうど日ざかりで遣りきれないと思ったが、日の暮れるまでこんな所にぼんやりしている訳にもいかないので、汗をふきながら乗合馬車に乗込むと、定員八人という車台のなかに僕をあわせて乗客はわずかに三人、ふだんから乗り降りの少ないさびしい駅である上に、土地の人は人力車にも馬車にも乗らないで、みんな重い荷物を引っかついですたすた歩いて行くというふうだから、大抵の場合には馬車満員ということのないのは僕もかねて承知していたが、それにしても三人はあまりに少な過ぎる。しかしまあ少ない方に間違っているのは結構、殊に暑いときには至極結構だと思って、僕は楽々と一方の腰掛けを占領していると、向う側に腰をおろしているのは、僕とおなじ年頃かと思われる二十四五の男と、十九か二十歳ぐらいの若い女で、その顔付きから察するに彼等はたしかに兄妹《きようだい》らしく見られた。

ここで僕の注意をひいたのは、この兄妹の風俗の全然相違していることで、兄は一見して質朴な農家の青年であることを認められるにもかかわらず、妹は媚《なまめ》かしい派手づくりで、僕等の町でみる酌婦などよりは遥かに高等、おそらく何処かの芸妓であろうと想像されることであった。兄も妹もだまっていた。兄はときどきに振り向いて車の外をながめたりしていたが、妹は顔の色の蒼ざめた、元気のないようなふうで、始終うつむいて自分の膝の上に眼をおとしていた。僕は汽車のなかで買った大阪の新聞や地方新聞などを読んでいるうちに、馬車は停車場から町のまん中をつきぬけて、やがて村へはいって行った。前にもいう通り、僕の町へ行き着くにはこの田舎路を三里あまりもがたくって行かなければならないのだから、暑い時にはまったく難儀だ。

それでも長い汽車旅行と暑さとに疲れているので、僕はそのがた馬車にゆられて新聞をよみながらいつとはなしにうとうとと眠ってしまったと思うと、不意にぐらりと激しく揺すぶられたので、はっと驚いて眼をあくと、僕のからだは腰掛けから半分ほど転げかかっている。向う側の女もあやうく転げそうになったのを、となりにいる兄貴に抱きとめられてまず無事という始末。一体どうしたのかと見まわすと、われわれの乗っている馬車馬が突然に倒れたのだ。つまり動物虐待の結果だね。碌々《ろくろく》に物も食わせないで、この炎天に馭者《ぎょしゃ》の鞭《むち》で残酷に引っぱたかれるのだから助からない。馬は途中で倒れてしまったというわけだ。

馭者も困って馭者台から飛び降りた。われわれもひとまず車から出る。馭者はもちろん、かの青年も僕も手伝って、近所の農家の井戸から冷たい水を汲んで来て、馬に飲ませる、馬のからだにぶっかける。馭者は心得ているので、どこからか荒むしろのようなものを貰って来て、馬の背中に着せてやる。そんなことをして騒いでいるうちに、馬はどうにかこうにか再び起き上がったので、涼しい木のかげへ引き込んでしばらく休ませてやる。われわれも汗をふいてまずひと息つくという段になると、かの青年は俄かにあっと叫んだ。

「畜生。また逃げたか。」

誰が逃げたのかと思って見かえると、かの芸妓らしい女がいつの間にか姿をかくしたのだ。われわれが馬の介抱に気をとられて、夢中になって騒いでいるうちに、彼女《かれ》は何処へか消え失せてしまったらしい。なぜ逃げたのか、なぜ隠れたのか、僕には勿論わからなかったが、青年は一種悲痛のような顔色をみせて舌打ちした。そうして、これからどうしようかと思案しているらしかったが、やがて駅者にむかってきいた。

「どうだね。この馬はあるけるかね。」

「すこし休ませたら大丈夫だろうと思うが……。」と、駅者は考えながら言った。「だが、こいつもこのごろは馬鹿に足が弱くなったからね。」

再び乗り出して、また途中で倒れられては困ると僕は思った。青年もやはりその不安を感じたらしく、自分はいっそこれから歩くと言い出した。そうして、駅者と談判の結果、馬車賃の半額を取戻すことになった。まだ一里ほども来ないのに、半額では少し割が悪いと思ったが、これは災難で両損とあきらめるよりほかはない。僕も半額を受取って、カバンひとつを引っさげて歩き出すと、青年も一緒に列《なら》んで歩いて来た。こうなると僕も彼と道連れにならないわけには行かない。僕は歩きながら訊いた。

「あなたは何処までおいでです。」

「KBの村までまいります。」と、かれは丁寧に、しかもはっきりと答えた。

「じゃあ、おなじ道ですね。僕はMKの町まで帰るのです。」

こんなことからだんだんに話し合って、僕がMKの町の秋坂のせがれであるということが判ると、青年は更にその態度をあらためて、いよいよその挨拶が丁寧になった。僕の家は別に大家《たいけ》というのではないが、なにしろ土地では屈指の旧家になっているので、かれも秋坂の名を知っていて、そのせがれの僕に対して相当の敬意を表することになったらしい。彼は小さい風呂敷包み一つを持っているだけで、ほとんど手ぶら同様だ。僕もカバンひとつだが、そのなかには着物がぎっしりと詰め込んであるので見るから重そうだ。かれは僕がしきりに辞退するにもかかわらず、とうとう僕のカバンをさげて行ってくれることになった。

青年はもちろん健脚らしく、僕も足の弱い方ではないが、なにしろ七月の日盛りに土の焼けた、草いきれのする田舎道をてくてくるのだからたまらない。ふたりは時々に木の下に休んだりして、午後五時に近い頃にようやく僕の町の姿を見ることになった。

二

東京の人たちは地方の事情をよく御存知あるまいが、僕たちの学生時代に最もうるさく感じたのは、毎年の夏休みに帰省することだ。帰省を嫌うわけではないが、帰省すると親類や知人のところへぜひ一度は顔出しをしなければならない。それも一度ですむのはまだいいが、相手によっては二度三度、あるいは泊まって来なければならないというようなところもある。それも町のうちだけではない。隣り村へ行く、またその隣り村へ行く。甚《はなは》だしいのになると、山越しをして六里も七里も行くというのだから、全くやりきれない。この時にも勿論それを繰返さなければならなかったので、七月いっぱいはほとんど忙がしく暮らしてしまった。

八月になって、まずその役目もひと通りすませて、はじめて自分のからだになったような気がしたが、毎日ただ寝ころんでいても面白くない。帰省中に勉強するつもりで、いろいろの書物をさげて来たのだが、いざとなるとやはりいつもの怠け癖が出る。といって、なにぶんにも狭い町だから遊びに行くような場所もない。いっそ釣りにでも行ってみようかと思い立って、八月なかばの涼しい日に、家の釣道具を持出してかの尾花川へ魚釣りに出かけた。もちろん、日中に釣れそうもないのは判っているので、僕は昼寝から起きて顔を洗って、午後四時ごろから出かけたのだ。町から一里ほど歩いても、このごろの日はまだ暮れそうにも見えない。子供の時からたびたび来ているので、僕もこの川筋の釣り場所は大抵心得ているから、堤の芒をかきわけて適当なところに陣取って、向う岸の櫨《はじ》の並木が夕日にいろどられているのを眺めながら、悠々と糸を垂れはじめた。

前置きが少し長くなったが、話の本文はいよいよこれからだと思いたまえ。

子どもの時からあまり上手でもなかったが、年を取ってからいよいよ下手になったとみえて、小一時間も糸をおろしていたが一向に釣れない。すこし飽きて来て、もう浮木《うき》の方へは眼もくれず、足もとに乱れて咲いている草の花などをながめているうちに、ふと或る小さい花が水の上に漂っているのを見つけた。僕の土地ではそれを幽霊藻とか幽霊草とかいうのだ。普通の幽霊草というのは曼珠沙華《まんじゅしゃげ》のことで、墓場などの暗い湿っぽいところに多く咲いているので、幽霊草とか幽霊花とかいう名を付けられたのだが、ここでいう幽霊藻はまったくそれとは別種のもので、水のまにまに漂っている一種の藻のような浮き草だ。なんでも夏の初めから秋の中ごろへかけて、水の上にこの花の姿をみることが多いようだ。雪のふるなかでも咲いているというが、それはどうも嘘らしい。

なぜそれに幽霊という名を冠《かぶ》らせたかというと、所詮《しょせん》はその花と葉との形から来たらしい。花は薄白と薄むらさきの二種あって、どれもなんだか曇ったような色をしている。ことにその葉の形がよくない。細い青白い長い葉で、なんだか水のなかから手をあげて招いているようにも見える。そういうわけで、花といい、葉といい、どうも感じのよくない植物であるから、いつの代《よ》からか幽霊藻とか幽霊草とかいう忌《いや》な名を付けられたのだろうと想像されるが、それについては又こういう伝説がある。

昔、平家の美しい官女が壇ノ浦から落ちのびて、この村まで遠く迷ってくると、ひどく疲れて喉が渇いたので、堤から這い降りて川の水をすくって飲もうとする時、あやまって足をすべらせて、そのまま水の底に吸い込まれてしまった。どうしてそれが平家の官女だということが判ったか知らないが、ともかくそういうことになっている。そうして、それから後にこの川へ浮き出したのがあの幽霊藻で、薄白い花はかの女の小袖の色、うす紫はかの女の袴の色だというのだ。官女の袴ならば緋でありそうなものだが、これは薄紫であったということだ。哀れな女のたましいを草花に宿らせたような伝説は諸国にたくさんある。これもその一例であるらしい。

聊斎志異《りょうさいしい》の水莽草《すいもうそう》とは違って、この幽霊藻は毒草ではないということだ。しかしそれが毒草以上に恐れられているのは、その花が若い女の肌に触れると、その女はきっと祟られるという伝説があるからだ。したがって、男にとってはなんの関係もない、単に一種の水草に過ぎないのだが、それでも幽霊などという名が付いている以上、やはりいい心持はしないとみえて、僕たちがこの川で泳いだり釣ったりしている時に、この草の漂っているのを見つけると、それ幽霊が出たなぞと言って、人を嚇《おど》かしたり、自分が逃げたり、いろいろに騒ぎまわったものだ。

今の僕は勿論そんな子供らしい料簡《りょうけん》にもなれなかったが、それでも幽霊藻――久しぶりで見た幽霊藻――それが暮れかかる水の上にぼんやりと浮かんでいるのを見つけた時に、それからそれへと少年当時の追憶が呼び起されて、僕はしばらく夢のようにその花をながめていると、耳のそばで不意にがさがさいう音がきこえたので、僕も気がついて見かえると、僕のしゃがんでいる所から三間《げん》とは離れない芒叢をかきわけて、一人の若い男が顔を出した。彼は白地の飛白《かすり》の単衣《ひとえもの》を着て、麦わら帽子をかぶっていた。かれも僕も顔を見合せると、同時に挨拶した。

「やあ。」

若い男は僕の町の薬屋のせがれで、福岡か熊本あたりで薬剤師の免状を取って来て、自分の店で調剤もしている。その名は市野弥吉といって、やはり僕と同年のはずだ。両親もまだ達者で、小僧をひとり使って、店は相当に繁昌しているらしい。僕の小学校友達で、子どもの時には一緒にこの川へ泳ぎに来たこともたびたびある。それでもお互いに年が長《た》けて、たまたまこうして顔をあわせると、両方の挨拶も自然に行儀正しくなるものだ。ことに市野は客商売であるだけに如才《じょさい》がない。かれは丁寧に声をかけた。

「釣りですか。」

「はあ。しかしどうも釣れませんよ。」と、僕は笑いながら答えた。

「そうでしょう。」と、彼も笑った。「近年はだんだんに釣れなくなりましたよ。しかし夜釣りをやったら、鰻が釣れましょう。どうかすると、非常に大きい鱸《すずき》が引っかかることもあるんですが……。」

「すずきが相変らず釣れますか。退屈しのぎに来たのだからどうでもいいようなものの、やっぱり釣れないと面白くありませんね。」

「そりゃそうですとも……。」

「あなたも釣りですか。」と、僕は訊いた。

「いいえ。」と、言ったばかりで、彼はすこしく返事に困っているらしかったが、やがてまた笑いながら言った。「虫を捕りに来たんですよ。」

「虫を……。」

「近所の子供にもやり、自分の家にも飼おうと思って、きりぎりすを捕りに来たんです。まあ、半分は涼みがてらに……。あなたの釣りと同じことですよ。」

きりぎりすを捕るだけの目的ならば、わざわざここまで来ないでも、もっと近いところにいくらでも草原はあるはずだと僕は思った。勿論、涼みがてらというならば格別であるが、それにしても彼は虫を捕るべき何の器械をも持っていない。網も袋も籠も用意していないらしい。すこし変だと思ったが、僕にとってはそれが大した問題でもないから、深くは気にも留めないでいると、市野は芒をかきわけて僕のそばへ近寄って来た。

「そこに浮いているのは幽霊藻じゃありませんか。」

「幽霊藻ですよ。」と、僕は水のうえを指さした。「今じゃあ怖がる者もないでしょうね。」

「ええ、われわれの子どもの時と違って、この頃じゃあ幽霊藻を怖がる者もだんだんに少なくなったようですよ。しかしほかの土地にはめったにない植物だとかいって、去年も九州大学の人たちが来てわざわざ採集して行ったようですが、それからどうしましたか。」

「これが貴重な薬草だということが発見されるといいんですがね。」と、僕は笑った。

「そうなるとしめたものですが……。」と、彼も笑った。

それからふた言三言話しているうちに、彼はにわかに気がついたようにうしろを見かえった。

「いや、どうもお妨げをしました。まあ、たくさんお釣りなさい。」

市野は低い堤をあがって行った。水の上はまだ明るいが、芒の多い堤の上はもう薄暗く暮れかかっている。僕は何心なく見かえると、その芒の葉がくれに二つの白い影がみえた。ひとつは市野に相違なかったが、もう一つの白い影は誰だか判らない。しかしそれが女であることは、うしろ姿でもたしかに判った。

虫を捕りに来たなどというのは嘘の皮で、市野はここで女と待合せていたのかと、僕はひとりでほほえんだ。それと同時に、このあいだ乗合馬車から姿をかくしたあの芸妓のことがふと僕のあたまに浮かんだ。夕方のうす暗いときに、ただそのうしろ姿を遠目に見ただけで、市野の相手がどんな女であるか、もちろん判ろうはずはないのだが、不思議にその女があの芸妓らしく思われてならなかった。なぜそう思われたのか、それは僕自身にも判らない。

市野は別に親友というのでもないから、彼がどんな女にどんな関係があろうとも、僕にとっては何でもないことであるが、相手の女が果してあの芸妓であるとすると、僕はすこし考えなければならなかった。

三

このあいだ僕が道連れになった青年は、この川沿いのKB村の勝田良次という男で、本来は農家であるが、店では少しばかりの荒物を売り、その傍らには店のさきに二脚ほどの床几《しょうぎ》をならべて、駄菓子や果物やパンなどを食わせる休み茶屋のようなこともしているのだ。

「いっそ農一方でやっていく方がいいのですが、祖父の代から荒物屋だの休み茶屋だの、いろいろの片商売をはじめたので、今さら止めるわけにも行かず、却ってうるさくて困ります。それがために妹までが碌でもない者になってしまいました。」と、かれは僕のカバンをさげて歩きながら話した。

店でいろいろの商売をしているので、妹のおむつは小学校に通っている頃から、店の手伝いをして荒物を売ったり、客に茶を出したりしているうちに、誰かにそそのかされたとみえて、十四の秋になって何処へか奉公に出たいと言い出した。勝田の家は母のお種と総領の良次、妹のおむつと弟の達三の四人ぐらしで、良次と達三は田や畑の方を働き、店の方はお種とおむつが受持っているのであるから、ひとりでも人が欠けては手不足を感じるので、母も兄弟もおむつを外へ出すことを好まなかった。家じゅうが総反対で、とても自分の目的は達せられないと見て、おむつは無断で姿をかくした。

「そのときは心配しましたよ。」と、良次は今更のように嘆息した。「それから手分けをして、妹の行くえを探しましたが、なかなか知れません。とうとう警察の手をかりて、その翌年の三月になって、初めて妹の居どころが判ったのですが……。妹は熊本に近いある町の料理屋へ酌婦に住み込んでいたのです。わたくしはすぐに駈けつけて、その前借金を償《つぐな》って、一旦実家へ連れて帰ったのですが、ふた月三月はおとなしくしているかと思うとまた飛び出す。その都度《つど》に探して歩く。連れて帰る。そんなことがたびたび重なるので、母もわたくしももう諦めてしまって、どうとも勝手にしろと打っちゃって置くと、五年あまりも音信不通で、どこにどうしているかよく判りませんでした。

それが今年の六月の末になって、突然に手紙をよこしまして、自分は門司《もじ》で芸妓をしているが、この頃はからだが悪くて困るから、しばらく実家へ帰って養生をしたいと思う。ついては兄さんかおっ母さんが出て来て、抱え主にそのわけを話してもらいたいというのです。からだが悪いと聞いてはそのままにもしておかれないので、母とも相談の上で、今度はわたくしが門司まで出かけて行きまして、抱え主にもいろいろ交渉して、ともかくもひとまず妹を連れてくることにして、きょうこの停車場へ着いて、あなたと同じ馬車で帰る途中、御承知の通りの始末で、どこへか消えてしまったのです。実に仕様のない奴で、親泣かせ、兄弟泣かせ、なんともお話になりません。家にいたときは三味線の持ちようも知らない奴でしたが、方々を流れあるいているうちに、どこでどう習ったのか、今では曲りなりにも芸妓をして、昔とはまるで変った人間になっているのです。」

それにしても、ここまで自分と一緒に帰って来て、なぜ再び姿を隠したのか、その理屈がわからないと良次は言った。僕にもちょっと想像が付かなかった。そのうちに僕の町へ行き着いたので、僕はカバンを持ってくれた礼をいって、気の毒な兄と別れた。

その後、その妹はどうしたか、僕も深く詮議するほどの興味を持たなかったので、ついそのまま過ぎていたのだが、いま偶然にその人らしい姿を見つけて、しかもそれが市野と連れ立って行くのをみたので、僕もすこし考えさせられた。

しかし、わざわざ彼等のあとを尾《つ》けて行って、それを確かめる程の好奇心も湧き出さなかったので、僕は再び水の方に向き直って自分の釣りに取りかかったが、市野の言ったような大きいすずきは勿論のこと、小ざかな一匹もかからないので、僕ももう忍耐力をうしなった。

「帰ろう、帰ろう。つまらない。」

ひとりごとを言いながら釣道具をしまった。宵闇の長い堤をぶらぶら戻ってくると、僕をじらすように大きい魚の跳ねあがる音が暗い水の上で幾たびかきこえた。そこらの草のなかには虫の声が一面にきこえる。東京はまだ土用が明けたばかりであろうが、ここらは南の国といってもやはり秋が早く来ると思いながら、からっぽうの魚籠《びく》をさげて帰った。いや、帰ったといっても、ようよう半道ばかりで、その辺から川筋はよほど曲っていくので、僕は堤の芒にわかれを告げて、堤下の路を真っ直ぐにあるき出すと、暗いなかから幽霊のようにふらふらと現われたものがある。思わず立ちどまって窺ってみると、この暗やみでどうして判ったのか知らないが、その人は低い声で言った。

「秋坂さんじゃございませんか。」

それは若い女の声であった。

尾花川の堤にはときどきに狐が出るなどというが、まさかそうでもあるまいと多寡《たか》をくくって、僕は大胆に答えた。

「そうです。僕は秋坂です。」

幽霊か狐のような女は、僕のそばへ近寄って来た。

「先日はどうも失礼をいたしました。」

暗いなかで顔かたちはわからないが、僕ももう大抵の鑑定は付いた。

「あなたは勝田の妹さんですか。」

「そうでございます。」

果して彼女は勝田良次の妹の芸妓であった。と思う間もなく、女はまた言った。

「あなたはこれから町の方へお帰りでございますか。」

「はあ。これから家へ帰ります。」

「では、御一緒にお供させていただけますまいか。わたくしも町の方まで参りたいのですが。」と、女は僕の方へいよいよ摺《す》り寄って来た。

いやだともいえないのと、この女から何かの秘密を聞き出してやりたいというような興味もまじって、僕は彼女と列んで歩き出した。

「あなたは前から市野さんを御存じですか。」と、女は訊いた。

市野と一緒にあるいていたのは、この女であったことがいよいよ確かめられた。それからだんだん話してみると、この女も芒のかげに忍んでいて、市野と僕との会話をぬすみ聞いていたらしかった。そうして、僕が秋坂という人間であることを市野の口から教えられたらしかった。さもなければ、彼女が僕の名を知っているはずがない。いずれにしても、僕は子どもの時から市野を知っていると正直に答えた。しかし自分は近年東京に出ていて、彼と一年に一度会うぐらいのことであるから、その近状についてはなんにも知らないと、あらかじめ一種の予防線を張っておいた。

「今夜もこれから市野君のところへ行くんですか。」と、僕は空とぼけて訊いた。

「実はもう少し前まで一緒にいたんですが……。もう今頃は死んでしまったでしょう。」

僕はおどろいた。なにぶんにも暗いので、彼女がどんな顔をしているか、どんな姿をしているか、もちろん判断は付かないのであるが、平気でそんなことを言っているのを見ると、おそらく発狂でもしているのではないかと疑っていると、相手はまた冷やかに言った。

「わたくしはこれから警察へ行くんですよ。」

「なにしに行くんです。」

「だって、あなた。人間ひとりを殺して平気でもいられますまい。」

相手がおちついているだけに、僕はだんだんに薄気味わるくなって来た。どうしてもこの女は気違いらしい。不意に白い歯をむき出して僕に飛びかかってくるようなことがないとも限らないと思ったが、今さら逃げ出すことも出来ないので、僕はよほど警戒しながら一緒にあるいた。こう言ったら、臆病とか弱虫だと笑うかも知れないが、人通りの絶えた田舎路をこんな女と道連れになって行くのは決して愉快なものではない。せめて月明かりでもあるといいのだが、あいにくに今夜は闇だ。

「じゃあ、あなたはほんとうに市野君を殺したんですか。」と、僕は念を押して訊いてみた。

「剃刀《かみそり》で喉を突いて、川のなかへ突き落したんですから、たしかに死んでいると思います。わたくしはこれから警察へ自首しに行くんです。」

「冗談でしょう。」と、僕は大いに勇気を出したつもりで、わざとらしく笑った。

「知らないかたは冗談だと仰しゃるかも知れませんけれど、それが冗談かほんとうか、あしたになれば判ります。わたくしは市野という男を殺すために、今度故郷へ帰ってくるようになったのかも知れません。」

　僕は又ぎょっとした。

「あなたはなんにも御存じないでしょうから、だしぬけにこんなことを言うと、定めて冗談か、それとも気でも違っているかとお思いなさるでしょうが……。」と、相手はこっちの肚《はら》のなかを見透したようにまた言った。「けれども、それはほんとうのことなんです。このあいだ、兄と一緒にお帰りになったそうですが、そのときに兄がわたくしのことについて、なにかお話をしましたか。」

「はあ、少しばかり聞きました。あなたは門司の方に行っていたそうで……。」と、僕も正直に答えた。

　女はすこし考えているらしかったが、やがてまたしずかに話し出した。

「あの市野という男は、わたくしに取っては一生のかたきなんです。殺すのも無理はないでしょう。」

　僕はだまって聞いていた。

四

　路ばたの草むらから蛍が一匹とび出して、どこへか消えるように流れて行った。ここらの蛍は大きい。それでも秋の影のうすく痩せているのが寂しくみえるので、僕もなんだか薄暗いような心持で見送っていると、女もその蛍のゆくえをじっと眺めているらしかった。

「なんだか人魂《ひとだま》のようですね。」と、女は言った。そうして、また歩きながら話しつづけた。「兄からお聞きになっているなら、大抵のことはもう御承知でしょうが、わたくしは今年二十歳ですから、あしかけ七年前、わたくしが十四の歳でした。市野さんはこの川へたびたび釣りに来て、その途中わたくしの店へ寄って煙草やマッチなんぞを買って行くことがありました。時々には床几に休んで、梨や真桑瓜《まくわうり》なんぞを食べて行くこともありました。そのころ市野さんは十九でしたが、わたくしは十四の小娘でまだ色気も何もありゃあしません。唯たびたび逢っているので、自然おたがいが懇意になっていたというだけのことでしたが、ある日のこと、やっぱり今時分でした。市野さんが釣りの帰りにいつもの通りわたくしの店へ寄って、お茶を飲んだり塩煎餅をたべたりした時に、わたくしが何ごころなく傍へ行って、きょうはたくさん釣れましたかと聞くと、市野さんは笑いながら、いや今日は不思議になんにも釣れなかった。この通り魚籠は空《から》だが、しかしこんなものを取って来たといって、魚籠のなかから何か草のようなものを摑み出してみせたので、わたくしもうっかり覗いてみますと、それは川に浮いている幽霊藻なんです。あなたも御存知でしょう、幽霊藻を……。」

「幽霊藻……。知っています。」と僕は暗いなかでうなずいた。

「あらいやだと思って、わたくしは思わず身をひこうとすると、市野さんは冗談半分でしょう、そら幽霊が取り付くぞと言って、その草をわたくしの胸へ押し込んだのです。暑い時分で、単衣の胸をはだけていたので、ぬれている藻がふところに滑り込んで、乳のあたりにぬらりとねばり付くと、わたくしは冷たいのと気味が悪いのとでぞっとしました。市野さんは面白そうに笑っていましたが、悪いたずらにも程があると思って、わたくしは腹が立ってなりませんでした。市野さんが帰ったあとで、わたくしは腹の立つのを通り越して、急に悲しくなって来て、床几に腰をかけたまま涙ぐんでいると、外から帰って来た母が見つけて、どうして泣いている、誰かと喧嘩をしたのかとしきりに訊きましたけれども、わたくしはなんにも言いませんでした。それはまあそれですんでしまったんですが、わたくしはどうも気になってなりません。幽霊藻が女の肌に触れると、きっとその女に祟るということを考えると、おそろしいような悲しいような……。いっそ早くそれを母や兄にでも打明けてしまった方がよかったんでしょうが、それを言うのさえ何だか怖いような気がしたもんですから、誰にも言わないでひとりで考えているだけでした。

あとでそれを市野さんに話しますと、それはお前の神経のせいだと笑っていましたけれど、その晩わたくしは怖い夢をみたんです。わたくしの寝ている枕もとへ、白い着物をきて紫の袴をはいた美しい官女が坐って、わたくしの寝顔をじっと覗いているので、わたくしは声も出せないほどに怖くなって、一生懸命に蒲団にしがみ付いているかと思うと眼がさめて、頸のまわりから身体じゅうが汗びっしょりになっていました。あくる朝はなんだか頭が重くって、からだが熱《ほて》るようで、なんとも言えないような忌《いや》な気持でしたが、別に寝るほどのことでもないので、やっぱり我慢して店に出ていました。さあ、それからがお話なんです。よく聞いてください。」

わかい女が幽霊藻の伝説に囚《とら》われて、そんな夢に襲われたというのは、不思議のようで不思議でない。むしろ当り前の事かも知れないと、僕は思った。しかしそれからこの事件がどう発展するかということに興味をひかれて、僕も熱心に耳をかたむけていると、女はひと息ついてまた語り出した。

「ところが、どういうわけか知りませんが、きょうに限って市野さんの来るのが待たれるような気がしてならないんです。逢ってきのうの恨みを言おうというわけでもなく、ただ何となしに市野さんが待たれるような気がする。それがなぜだか自分にもよく判らないんですが、なにしろ市野さんが早く来ればいいと思っていると、その日はとうとう見えませんでした。わたくしはなんだか焦《じ》らされているような気がして、妙にいらいらして、その晩はおちおち寝付かれなかったもんですから、そのあしたになると、頭がなおさら重いような、そのくせにやっぱりいらいらして、きょうも市野さんの来るのを待っていたんです。すると、その日も市野さんは来てくれないので、わたくしはいよいよ焦れったくなって、いても立ってもいられないような心持になってしまいました。

今考えると、まったく夢のようです。日が暮れて行水《ぎょうずい》を使って、夕御飯をたべてしまって、店の先にぼんやり突っ立っているうちに、ふと胸に浮かんだのは、もしや市野さんが夜釣りに来ていやあしないかということで、おととい来たときにどうも近頃は暑いから当分は夜釣りにしようかと言っていたから、もしや今頃出かけて来ているかも知れない。そう思うと糸に引かれたように、わたくしは急にふらふらと歩き出して、川の堤の上まで行ってみると、その晩も今夜のように真っ暗で、たった一人、芒のなかに小さい提灯をつけている夜釣りの人がみえたので、そっと抜足《ぬきあし》をして近寄ってみると、それはまるで人ちがいのお爺さんなので、わたくしは無暗に腹が立って、いっそ石でもほうり込んで驚かしてやろうかとも思ったくらいでした。

仕方がないから、またぼんやりと引っ返してくると、堤のなかほどでまたひとつの火がみえました。今度のは巡査が持っているような角燈で、だんだんに両方が近寄ると、片手にその火を持って、片手は長い釣竿を持っているのは……。たしかに市野さんだと判ったときに、わたくしは夢中で駈けて行って、だしぬけに市野さんに抱きついて、その胸のあたりに顔を押し付けて、子供のようにしくしく泣き出しました。なぜ泣いたのか、それは自分にも判りません。唯なんだか悲しいような気持になったんです。」

「その晩おそくなって、わたくしは家へ帰りました。」と、女は言った。「今頃までどこを遊びあるいていたと、母や兄から叱られましたが、わたくしはなんにも言いませんでした。とても正直に言えることじゃあないからです。それから一日置き、二日おきぐらいに、日が暮れてから川端へ忍んで行きますと、いつでも約束通りに市野さんが来ていました。こうして、たびたび逢っているうちに、母や兄がわたくしの夜遊びをやかましく言い出して、一体どこへ出かけて行くのだと詮議するので、しょせん自分の家にいては思うように逢うことが出来ないから、いっそ何処へか奉公に出ようと思ったんですが、それも母や兄が承知してくれないので、市野さんと相談の上でわたくしはとうとう無断で家を飛び出してしまいました。

といって、市野さんもまだ親がかりの身の上で、わたくしを引取ってくれるというわけにもいかないのは判り切っていますから、そのときに三十円ばかりのお金を受取ったんですが、世話をしてくれた人の礼金に十円ほど取られて、残りの二十円を市野さんとわたくしとで二つ分けにしました。初めの約束では少なくも月に五、六度ぐらいは逢いに来てくれるはずでしたが、市野さんは大嘘つきで、その後ただの一度も顔をみせないという始末。おまけにその茶屋というのが料理は付けたりで、まるで淫売宿みたいな家ですから、その辛いことお話になりません。ひと思いに死んでしまおうと思ったこともありましたが、やっぱり市野さんに未練があるので、そのうちには来てくれるかと、頼みにもならないことを頼みにして、ともかくもあくる年の三月ごろまで辛抱していると、家の方からは警察へ捜索願いを出したもんですから、とうとうわたくしの居どころが知れてしまって、兄がすぐに奉公先へたずねて来て、わたくしを連れて帰ってくれました。

それでわたくしも辛い奉公が助かり、恋しい市野さんの家のそばへ帰ることも出来ると思って、一旦はよろこんでいたんですが、帰ってみるとどうでしょう。わたくしのいないあいだに市野さんは自分の家を出て、福岡とかの薬学校へはいってしまったということで、わたくしも実にがっかりしました。そんならせめて郵便の一本もよこして、こうこういうわけで遠方へ行くぐらいのことは知らしてくれてもいいじゃありませんか。ずいぶん薄情な人もあるものだと、わたくしも呆れてしまう程に腹が立ちました。なんぼこっちが小娘だからといって、あんまり人を馬鹿にしていると、ほんとうにくやしくってなりませんでした。ねえ、あなた、無理もないでしょう。」

少女をもてあそんで、さらにそれをあいまい茶屋へ売り飛ばして、素知らぬ顔で遠いところへ立去ってしまうなどは、まったく怪《け》しからぬことに相違ない。市野にそんな古《ふる》疵《きず》のあることを僕は今までちっとも知らなかったが、彼の所業に対してこの女が憤慨するのは無理もないと思った。

「市野はそんなことをやったんですか、おどろきましたね。まったく不都合です。」と、僕も同感するように言った。

「わたくしもその時には実にくやしかったんです。けれども、家へ帰って十日半月と落ち着いているうちにわたくしの気もだんだんに落ち着いて来て、あんな男にだまされたのは自分の浅慮《あさはか》から起ったことで、今更なんと思っても仕様がない。あんな男のことは思い切って、これから自分の家でおとなしく働きましょうと、すっかり料簡《りょうけん》を入れかえて、以前の通りに店の手伝いをしていると、ある晩のことです。わたくしはまた怖い夢をみたんです。

ちょうど去年の夢と同じように、白い着物をきて紫の袴をはいた官女がわたくしの枕もとへ来て、寝顔をじっとのぞいている。その夢がさめると汗びっしょりになっている。そのあしたは頭が重い。すべて前の時とおなじことで、自分でも不思議なくらいに市野さんが恋しくなりました。一旦思い切った人がどうしてまたそんなに恋しくなったのか、自分にもその理屈は判らないんですが、ただむやみに恋しくなって、もう矢も楯もたまらなくなってとうとう福岡まで市野さんをたずねて行く気になったんです。飛んだ朝顔ですね。そこで、あと先の分別もなしに町の停車場まで駈けつけましたが、さて気がついてみると汽車賃がない。今さら途方にくれてうろうろしていると、そこに居あわせた商人《あきんど》風の男がわたくしに馴れなれしく声をかけて、いろいろのことを親切そうに訊きますので、苦労はしてもまだ十五のわたくしですから、うっかり相手に釣り込まれて、これから福岡まで行きたいのだが汽車賃をわすれて来たという話をすると、その男はひどく気の毒そうな顔をして、それは定めてお困りだろう。実はわたしも福岡まで行くのだから、一緒に切符を買ってあげようといって、わたくしを汽車に乗せてくれました。

わたくしは馬鹿ですからいい気になって連れられて行くと、汽車がある停車場に停まって、その男がここで降りるのだという。福岡にしては何だか近過ぎるようだと思いながら、そのまま一緒に汽車を出ると、男は人力車を呼んで来て、わたくしを町はずれの薄暗い料理屋へ連れ込みました。

去年の覚えがあるので、あっと思いましたがもう仕方がありません。福岡というのは嘘で、福岡まではまだ半分も行かない途中の小さい町で、ここも案の通りのあいまい茶屋でした。おどろいて逃げ出そうとすると、そんなら汽車賃と車代を返して行けという。

どうにもこうにも仕様がないので、とうとうまたここで辛い奉公をすることになってしまいました。それでもあんまり辛いので、三月ほど経ってから兄のところへ知らせてやると、兄がまたすぐに迎いに来てくれました。」

女の話はなかなか長いが、おなじようなことを幾度も繰返すのもうるさいから、かいつまんでその筋道を紹介すると、女は再び故郷の村へ帰って、今度こそは辛抱する気で落ちついていると、また例の官女が枕もとへ出てくる。そうすると無暗に市野が恋しくなる。我慢が仕切れなくなってまた飛び出すと、途中でまた悪い奴に出逢って、暗い魔窟へ投げ込まれる。そういうことがたび重なって、しまいには兄の方でも尋ねて来ない。こっちからも便りをしない。音信不通で幾年を送るあいだに、女は流れ流れて門司の芸妓になった。

あいまい茶屋の女が、ともかくも芸妓になったのだから、彼女としては幾らか浮かび上がったわけだが、そのうちに彼女は悪い病いにかかった。一種の軽い花柳病だと思っているうちに、だんだんにそれが重ってくるらしいので、抱え主もかれに勧め、彼女自身もそう思って、久しぶりで兄のところへ便りをすると、兄の良次はまた迎いに来てくれた。そうして抱え主も承知の上で、ひとまず実家へ帰って養生することになって、七月の十二日に六年ぶりで故郷に近い停車場に着いた。

僕とおなじ馬車に乗込んだのはその時のことで、それは前にも言った通りだ。

五

その後のことについて、おむつという女はこう説明した。

「御存じの通り、途中で馬車の馬が倒れて、あなた方がその介抱をしているうちに、わたくしはどこへか姿を隠してしまいましたが、あれは初めから企《たくら》んだことでも何でもないので、わたくしは勿論、兄と一緒に帰るつもりだったんです。ところが、途中まで来ると、路ばたの百姓家に腰をかけて何か話している人がある。それが確かに市野さんに相違ないんです。十四のときに別れたぎりですけれど、わたくしの方じゃあ決して忘れやあしません。馬車の窓からそれを見て、わたくしがはっと思う途端に、まあ不思議ですね、馬車の馬が急に膝を折って倒れてしまいました。

それからみんなが騒いでいるうちに、わたくしはそっと抜けて行って、だしぬけに市野さんの前に顔を出すと、こっちの姿がまるで変っているので、男の方じゃあすぐには判らなかったらしいんですが、それでもようように気がついて、これは久し振りだということになりました。けれども、こんなところを兄に見付けられてはいけないというので、市野さんはわたくしを引っ張って、その家の裏手の方へまわると、そこには唐もろこしの畑があるので、その唐もろこしの蔭にかくれてしばらく立ち話をしているうちに、馬の方の片が付いて、あなたと兄は歩き出したので、それをやり過ごして、わたくし共はあとからゆっくり帰って来たんです。

その途中で、市野さんといろいろ話し合いましたが、あの人はその後に薬学校を卒業して、薬剤師の免状を取って、自分の家へ帰って立派に商売をしているそうで、昔の事をひどく後悔していると言って、しきりに言い訳をしたり、あやまったりするので、過ぎ去ったことを今さら執念ぶかく言っても仕方がないと思って、わたくしももう堪忍してやることにしました。市野さんはわたくしの病気を気の毒がって、それも昔にさかのぼればやっぱり自分から起ったことだと言って、わたくしが家へ帰っているあいだは幾らかの小遣いを送ってくれるように言っていました。

それでその時は無事に別れて、わたくしは兄よりもひと足おくれて家へ帰りましたが、わたくしの病気は重いといっても、ずっと寝ているようなわけでもないので、あくる朝、久し振りに川の堤へあがって、芒のなかをぶらぶら歩いていると、足もとに近い水の上に薄白と薄むらさきの小さい花がぼんやりと浮いて流れているのが眼につきました。幽霊藻が相変らず咲いていると思うと、不思議にそれが懐かしいような気になって、そこらに落ちている木の枝を拾って、その藻をすくいあげて、まあどういう料簡でしょう、その濡れた草を自分のふところへ押し込んだのです。ちょうど七年前に、市野さんがわたくしの懐ろへ押し込んだように……。その濡れて冷たいのが、きょうは肌にひやりとして、ひどくいい心持なので、わたくしは着物の上から暫《しばら》くしっかりと抱きしめているうちに、また急に市野さんが恋しくなって来ました。

前にも申す通り、わたくしは所々方々《しょしょほうぼう》を流れ渡っている間、一度も市野さんに逢ったこともなく、今度帰って来たからといって、再び撚《よ》りを戻そうなぞという料簡はなかったんですが、この幽霊藻を抱いているうちに、又むらむらと気が変って、すぐに町まで行きました。そうして、市野さんを表へ呼び出すと、市野さんは迷惑そうな顔をして出て来まして、お前のような女がたずねて来ては、両親の手前、近所の手前、わたしが甚だ困るから、用があるなら私の方から出かけて行くと言うんです。では、今夜の七時ごろまでに尾花川の堤まで来てくれと約束して別れて、その時刻に行ってみますと、約束通りに市野さんは来ていました。向うではわたくしがお金の催促にでも行ったと思ったらしく、当座のお小遣いにしろといって十五円くれましたので、わたくしはそれを押し戻して、お金なんぞは一文もいらないから、どうぞ元々通りになってくれと言いますと、市野さんはいよいよ迷惑そうな顔をして、なんともはっきりした返事をして聞かせないんです。

それでその晩はうやむやに別れてしまったんですが、わたくしの方ではどうしても諦められないので、一日置きに町の病院まで通って行くのを幸いに、その都度きっと市野さんの店へたずねて行って、男を表へよび出して、どうしても元々通りになってくれとうるさく責めるので、市野さんもよくよく持て余したとみえて、今夜も尾花川の堤へ来て、いよいよ何とか相談をきめるということになりました。

日の暮れるのを待ちかねて、わたくしは堤の芒をかきわけて行くと、あなたが先に来て釣りをしておいでなさる。そこがいつも市野さんと逢う場所なので、よんどころなく芒のかげにかくれて、市野さんの来るのを待っていると、やがてやって来て、しばらくあなたと話しているので、わたくしも焦れったくなって芒のかげから顔を出すと、市野さんも気がついて、いい加減にあなたに挨拶して別れて、わたくしと一緒に川下の方へ行くことになりました。

市野さんはお前がそれほどに言うならば、元々通りになってもいい。いっそ両親にわけを話して、表向きに結婚してもいい。しかし今のように病院通いの身の上では困る。まずその悪い病気を癒《なお》してしまった上でなければ、どうにもならない。ついては、おまえの病毒は普通の注射ぐらいでは癒らない。わたしが多年研究している秘密の薬剤があって、それを飲めばきっと癒るから、ふた月ほども続けて飲んでくれないかと言うんです。

わたくしはすぐに承知して、ええ、そんな薬があるならば飲みましょうと言うと、市野さんは袂《たもと》から小さい粉薬《こぐすり》の壜を出して、これは秘密の薬だから決して人に見せてはいけない、飲んでしまったら空壜を川のなかへほうり込んでしまえという。その様子がなんだか怪しいので、わたくしは片手で男の袖をしっかり摑んで、あなた、ほんとうにこの薬を飲んでもいいんですかと念を押すと、市野さんはすこしふるえ声になって、なぜそんなことを訊くのだと言いますから、わたくしは摑んでいる男の袖を強く引っ張って、あなた、これは毒薬でしょうと言うと、市野さんはいよいよ慄《ふる》え出して、もうなんにも口が利けないんです。

今夜こそは最後の談判で、相手の返事次第でこっちにも覚悟があると、わたくしは家を出るときから帯のあいだに剃刀を忍ばせていましたので、畜生とただひとこと言ったばかりで、いきなりにその剃刀で男の頸筋から喉へかけて力まかせに斬り付けると、相手はなんにも言わずに、ぐったりと倒れてしまいました。それでもまだ不安心ですから、そのからだを押し転がして、川のなかへ突き落して置いて、自分もあとから続いて飛び込もうと思いましたが、また急に考え直して、町の警察へ自首するつもりで暗い路をひとりで行く途中、ちょうどあなたにお目にかかったんです。飛んだ道連れになって、さだめし御迷惑でございましょうが、実は警察がどの辺にあるか存じませんので、あなたに御案内を願いたいのでございます。」

女の話はまずこれで終った。

実際、僕も迷惑を感じないでもなかったが、さりとて冷やかに拒絶するにも忍びないような気がしたので、素直に承知して警察まで一緒に行くことになった。その途中で女は又こんなことを言った。

「ゆうべも、いつもの官女が枕もとへ来ました。」

水中の幽鬼の影が女のうしろに付き纏《まと》っているようにも思われて、気の弱い僕はまたぞっとした。

尾花川堤の人殺しは、狭い町の大評判になった。殊にその加害者が芸妓というのだから、その噂はいよいよ高くなった。その当夜、現場で被害者に出逢ったのは僕ひとりで、また一方には加害者を警察まで送って来た関係もあるので、僕は唯一《ゆいいつ》の参考人として警察へも幾たびか呼び出された。予審判事の取調べも受けた。そんなわけで、九月の学期が始まる頃になっても、僕は上京を延引しなければならないことになった。

十月になって、僕はいよいよ上京したが、彼女の裁判はまだ決定しなかった。あとで聞くと、あくる年の四月になって、刑の執行猶予を申渡されて、無事に出獄したそうだ。

裁判所の方でもいろいろの情状を酌量されたらしい。

しかし彼女は無事ではなかった。家へ帰るころには例の病いがだんだん重くなって、それからふた月ほどもどっと床に着いていたが、六月末の雨のふる晩に寝床を這い出して、尾花川の堤から身を投げてしまった。人殺しの罪を償うためか、それとも病苦に堪えないためか、それらを説明するような書置なども残してなかった。

あくる日、その死体は川しもで発見されたが、ここに伝説信仰者のたましいをおびやかしたことがある。その死体にはかの幽霊藻が一面にからみ付いて、さながら網にかかった魚のように見えたということだ。

停車場《ていしゃば》の少女《しょうじょ》

「こんなことを申しますと、なんだか嘘らしいように思召《おぼしめ》すかも知れませんが、これはほんとうの事で、わたくしが現在出会ったのでございますから、どうかその思召しでお聞きください。」

Mの奥さんはこういう前置きをして、次の話をはじめた。奥さんはもう三人の子持ちで、その話は奥さんがまだ女学校時代の若い頃の出来事だそうである。

まったくあの頃はまだ若うございました。今考えますと、よくあんなお転婆《てんば》が出来たものだと、自分ながら呆れ返るくらいでございます。しかしまた考えて見ますと、今ではこんなお転婆も出来ず、またそんな元気もないのが、なんだか寂しいようにも思われます。そのお転婆の若い盛りに、あとにも先にもたった一度、わたくしは不思議なことに出逢いました。そればかりは今でも判りません。勿論、わたくし共のような頭の古いものには不思議のように思われましても、今の若い方たちには立派に解釈がついていらっしゃるかも知れません。したがって「あり得《う》べからざる事」などという不思議な出来事ではないかも知れませんが、前にも申上げました通り、わたくし自身が現在立会ったのでございますから、嘘や作り話でないことだけは、確かにお受け合い申します。

日露戦争が済んでから間もない頃でございました。水沢さんの継子さんが、金曜日の晩にわたくしの宅へおいでになりまして、あさっての日曜日に湯河原へ行かないかと誘って下すったのでございます。継子さんのお兄さんは陸軍中尉で、奉天の戦いで負傷して、しばらく野戦病院にはいっていたのですが、それから内地へ後送されて、やはりしばらく入院していましたが、それでも負傷はすっかり癒って二月のはじめ頃から湯河原へ転地しているので、学校の試験休みのあいだに一度お見舞に行きたいと、継子さんはかねがね言っていたのですが、いよいよあさっての日曜日に、それを実行することになって、ふだんから仲のいいわたくしを誘って下すったというわけでございます。とても日帰りというわけにはいきませんので、先方に二晩泊まって、火曜日の朝帰って来るということでしたが、修学旅行以外にはめったに外泊したことのないわたくしですから、ともかくも両親に相談した上で御返事をすることにして、その日は継子さんと別れました。

それから両親に相談いたしますと、おまえが行きたければ行ってもいいと、親たちもこころよく承知してくれました。わたくしは例のお転婆でございますから、大よろこびで直ぐに行くことにきめまして、継子さんとも改めて打合せた上で、日曜日の午前の汽車で新橋を発ちました。御承知の通りその頃はまだ東京駅はございませんでした。継子さんは熱海へも湯河原へも旅行した経験があるので、わたくしは唯おとなしくお供をして行けばいいのでした。

お供といって、別に謙遜の意味でも何でもございません。まったく文字通りのお供に相違ないのでございます。というのは、水沢継子さんのお兄さん——継子さんもそう言っていますし、わたくし共もやはりそう言っていましたけれど、実はほんとうの兄さんではない、継子さんとは従兄妹《いとこ》同士で、ゆくゆくは結婚なさるという事をわたくしもかねて知っていたのでございます。そのお兄さんのところへ尋ねて行く継子さんはどんなに楽しいことでしょう。それに付いて行くわたくしは、どうしてもお供という形でございます。いえ、別に嫉妬《やきもち》を焼くわけではございませんが、正直のところ、まあそんな感じがないでもありません。けれども、また一方にはふだんから仲のいい継子さんと一緒に、たとい一日でも二日でも春の温泉場へ遊びに行くという事がわたくしを楽しませたに相違ありません。

ことにその日は二月下旬の長閑《のどか》な日で、新橋を出ると、もうすぐに汽車の窓から春の海が広々とながめられます。わたくし共の若い心はなんとなく浮き立って来ました。国府津《こうづ》へ着くまでのあいだも、途中の山や川の景色がどんなに私どもの眼や心を楽しませたか知れません。国府津から小田原、小田原から湯河原、そのあいだも二人は絶えず海や山に眼を奪われていました。宿屋の男に案内されて、ふたりが馬車に乗って宿に行き着きましたのは、もう午後四時に近いころでした。

「やあ、来ましたね。」

継子さんのお兄さんは嬉しそうにわたくし共を迎えてくれました。お兄さんは不二雄さんと仰しゃるのでございます。不二雄さんはもうすっかり癒ったと言って、元気も大層よろしいようで、来月中旬には帰京するということでした。

「どうです。わたしの帰るまで逗留《とうりゅう》して、一緒に東京へ帰りませんか。」などと、不二雄さんは笑って言いました。

その晩は泊まりまして、あくる日は不二雄さんの案内で近所を見物してあるきました。春の温泉場――その、のびやかな気分を今更くわしく申上げませんでも、どなたもよく御存じでございましょう。わたくし共はその一日を愉快に暮らしまして、あくる火曜日の朝、いよいよここを発つことになりました。その間にもいろいろのお話がございますが、余り長くなりますから申上げません。そこで今朝はいよいよ発つということになりまして、継子さんとわたくしとは早く起きて風呂場へはいりますと、なんだか空が曇っているようで、廊下の硝子窓から外を覗いてみますと、霧のような小雨が降っているらしいのでございます。雨か靄《もや》か確かにはわかりませんが、中庭の大きい椿も桜も一面の薄い紗に包まれているようにも見えました。

「雨でしょうか。」

二人は顔を見合せました。いくら汽車の旅にしても、雨は嬉しくありません。風呂にはいってから継子さんは考えていました。

「ねえ、あなた。ほんとうに降って来ると困りますね。あなたどうしても今日お帰りにならなければいけないんでしょう。」

「ええ。火曜日には帰るといって来たんですから。」と、わたくしは言いました。

「そうでしょうね。」と、継子さんはやはり考えていました。「けれども、降られるとまったく困りますわねえ。」

継子さんはしきりに雨を苦にしているらしいのです。そうして、もし雨だったらばもう一日逗留して行きたいようなことを言い出しました。わたくしの邪推かも知れませんが、継子さんは雨を恐れるというよりも、ほかに子細があるらしいのでございます。久し振りで不二雄さんのそばへ来て、たった一日で帰るのはどうも名残り惜しいような、物足らないような心持が、おそらく継子さんの胸の奥に忍んでいるのであろうと察せられます。雨をかこつけに、もう一日か二日も逗留していたいという継子さんの心持は、わたくしにも大抵想像されないことはありません。邪推でなく、まったくそれも無理のないこととわたくしも思いやりました。けれども、わたくしはどうしても帰らなければなりません、雨が降っても帰らなければなりません。で、そのわけを言いますと、継子さんはまだ考えていました。

「電報をかけてもいけませんか。」

「ですけれども、二日の約束で出てまいりましたのですから。」と、わたくしはあくまでも帰ると言いました。そうして、もしあなたがお残りになるならば、自分ひとりで帰ってもいいと言いました。

「そりゃいけませんわ。あなたがどうしてもお帰りになるならば、わたくしも、むろん御一緒に帰りますわ。」

そんなことで二人は座敷へ帰りましたが、あさの御飯をたべているうちに、とうとう本降りになってしまいました。

「もう一日遊んで行ったらいいでしょう。」と、不二雄さんもしきりに勧めました。

そうなると、継子さんはいよいよ帰りたくないような風に見えます。それを察していながら、意地悪く帰るというのは余りにも心なしのようでしたけれど、その時のわたくしはどうしても約束の期限通りに帰らなければ、両親に対して済まないように思いましたので、雨のある中をいよいよ帰ることにしました。継子さんも一緒に帰るというのを、わたくしは無理にことわって、自分だけが宿を出ました。

「でも、あなたを一人で帰しては済みませんわ。」と、継子さんはよほど思案しているようでしたが、結局わたくしの言う通りにすることになって、ひどく気の毒そうな顔をしながら、幾たびかわたくしに言いわけをしていました。

不二雄さんも、継子さんも、わたくしと同じ馬車に乗って停車場まで送って来てくれました。

「では、御免ください。」

「御機嫌よろしゅう。わたくしも天気になり次第に帰ります。」と、継子さんはなんだか謝まるような口ぶりで、わたくしの顔色をうかがいながら丁寧に挨拶していました。

わたくしが人車《じんしゃ》鉄道に乗って小田原へ着きましたのは、午前十一時ごろでしたろう。いいあんばいに途中から雲切れがして来まして、細かい雨の降っている空のうえから薄い日のひかりが時々に洩れて来ました。陽気も急にあたたかくなりました。小田原から電車で国府津に着きまして、そこの茶店で小田原土産の梅干を買いました。それは母から頼まれていたのでございました。

十二時何分かの東京行列車を待合せるために、わたくしは狭い二等待合室にはいって、テーブルの上に置いてある地方新聞の綴込《とじこみ》などを見ているうちに、空はいよいよ明るくなりまして、春の日が一面にさし込んで来ました。日曜でも祭日でもないのに、きょうは発車を待合せている人が大勢ありまして、狭い待合室はいっぱいになってしまいました。わたくしはなんだか蒸し暖《あった》かいような、頭がすこし重いような心持になりましたので、雨の晴れたのを幸いに構外のあき地に出て、だんだんに青い姿をあらわして行く箱根の山々を眺めていました。

そのうちに、もう改札口があいたとみえまして、二等三等の人たちがどやどやと押合って出て行くようですから、わたくしも引っ返して改札口の方へ行きますと、大勢の人たちが繋がって押出されて行きます。わたくしもその人たちの中にまじって改札口へ近づいた時でございます。どこからともなしにこんな声がきこえました。

「継子さんは死にました。」

わたくしはぎょっとして振り返りましたが、そこらに見識ったような顔は見いだされませんでした。なにかの聞き違いかと思っていますと、もう一度おなじような声がきこえました。しかもわたくしの耳のそばで囁くようにきこえました。

「継子さんは死にましたよ。」

わたくしはまたぎょっとして振り返ると、わたくしの左の方に列んでいる十五六の娘——その顔だちは今でもよく覚えています。色の白い、細おもての、左の眼に白い曇りのあるような、しかし大体に眼鼻立ちの整った、どちらかといえば美しい方の容貌《きりよう》の持主で、紡績飛白《がすり》のような綿入れを着て紅いメレンスの帯を締めていました。——それが何だかわたくしの顔をじっと見ているらしいのです。その娘がわたくしに声をかけたらしくも思われるのです。

「継子さんが亡くなったのですか。」

ほとんど無意識に、わたくしはその娘に訊きかえしますと、娘は黙ってうなずいたように見えました。そのうちにあとからくる人に押されて、わたくしは改札口を通り抜けてしまいましたが、あまり不思議なので、もう一度その娘に訊き返そうと思って見返りましたが、どこへ行ったかその姿が見えません。わたくしと列んでいたのですから、相前後して改札口を出たはずですが、そこらにその姿が見えないのでございます。引っ返して構内を覗きましたが、やはりそれらしい人は見付からないのでわたくしは夢のような心持がして、しきりにそこらを見廻しましたが、あとにも先にもその娘は見えませんでした。どうしたのでしょう、どこへ消えてしまったのでしょう。わたくしは立停まってぼんやりと考えていました。

第一に気にかかるのは継子さんのことです。今別れて来たばかりの継子さんが死ぬなどというはずがありません。けれども、わたくしの耳には一度ならず、二度までも確かにそう聞えたのです。怪しい娘がわたくしに教えてくれたように思われるのです。気の迷いかも知れないと打消しながらもわたくしは妙にそれが気にかかってならないので、いつまでも夢のような心持でそこに突っ立っていました。これから湯河原へ引っ返して見ようかとも思いました。それもなんだか馬鹿らしいように思いました。このまま真っすぐに東京へ帰ろうか、それとも湯河原へ引っ返そうかと、わたくしはいろいろに考えていましたが、どう考えてもそんなことの有りようはないように思われました。お天気のいい真っ昼間、しかも停車場の混雑のなかで、怪しい娘が継子さんの死を知らせてくれる――そんな事のあるべきはずがないと思われましたので、わたくしは思い切って東京へ帰ることに決めました。

そのうちに東京行きの列車が着きましたので、ほかの人たちはみんな乗込みました。わたくしも乗ろうとして又にわかに躊躇《ちゅうちょ》しました。まっすぐに東京へ帰ると決心していながら、いざ乗込むという場合になると、不思議に継子さんのことがひどく不安になって来ましたので、乗ろうか乗るまいかと考えているうちに、汽車はわたくしを置去りにして出て行ってしまいました。

もうこうなると次の列車を待ってはいられません。わたくしは湯河原へ引っ返すことにして、ふたたび小田原行きの電車に乗りました。

ここまで話して来て、Mの奥さんはひと息ついた。

「まあ、驚くじゃございませんか。それから湯河原へ引っ返しますと、継子さんはほんとうに死んでいるのです。」

「死んでいましたか。」と、聞く人々も眼をみはった。

「わたくしが発った時分にはもちろん何事もなかったのです。それからも別に変った様子もなくって、宿の女中にたのんで、雨のためにもう一日逗留するという電報を東京の家へ送ったそうです。そうして、食卓《ちゃぶだい》にむかって手紙をかき始めたそうです。その手紙はわたくしにあてたもので、自分だけが後に残ってわたくし一人を先へ帰した言いわけが長々と書いてありました。それを書いているあいだに、不二雄さんはタオルを持って一人で風呂場へ出て行って、やがて帰って来てみると、継子さんは食卓の上に俯伏《うっぷ》しているので、初めはなにか考えているのかと思ったのですが、どうも様子がおかしいので、声をかけても返事がない。揺すってみても正体がないので、それから大騒ぎになったのですが、継子さんはもうそれぎり蘇生《いきかえ》らないのです。お医者の診断によると、心臓麻痺だそうで……。もっとも継子さんは前の年にも脚気になった事がありますから、やはりそれが原因になったのかも知れません。なにしろ、わたくしも呆気に取られてしまいました。いえ、それよりもわたくしをおどろかしたのは、国府津の停車場で出逢った娘のことで、あれは一体何者でしょう。不二雄さんは不意の出来事に顛倒《てんとう》してしまって、なかなかわたくしのあとを追いかける余裕はなかったのです。宿からも使いなどを出したことはないと言います。してみると、その娘の正体が判りません。どうしてわたくしに声をかけたのでしょう。娘が教えてくれなかったら、わたくしはなんにも知らずに東京へ帰ってしまったでしょう。ねえ、そうでしょう。」

「そうです、そうです。」と、人々はうなずいた。

「それがどうも判りません。不二雄さんも不思議そうに首をかしげていました。わたくしにあてた継子さんの手紙は、もうすっかり書いてしまって、状袋に入れたままで食卓の上に置いてありました。」

木曾《きそ》の旅人《たびびと》

一

T君は語る。

そのころの軽井沢は寂《さび》れ切っていましたよ。それは明治二十四年の秋で、あの辺も衰微の絶頂であったらしい。なにしろ昔の中仙道の宿場がすっかり寂れてしまって、土地にはなんにも産物はないし、ほとんどもう立ち行かないことになって、ほかの土地へ立《た》退《の》く者もある。わたしも親父と一緒に横川で汽車を下りて、碓氷《うすい》峠の旧道をがた馬車にゆられながら登って下りて、荒涼たる軽井沢の宿に着いたときには、実に心細いくらい寂しかったものです。それが今日《こんにち》ではどうでしょう。まるで世界が変ったように開けてしまいました。その当時わたし達が泊まった宿屋はなにしろ一泊二十五銭というのだから、大抵想像が付きましょう。その宿屋も今では何とかホテルという素晴らしい大建物になっています。一体そんなところへ何しに行ったのかというと、つまり妙義から碓氷の紅葉《もみじ》を見物しようという親父の風流心から出発したのですが、妙義でいい加減に疲れてしまったので、碓氷の方はがた馬車に乗りましたが、山路で二、三度あぶなく引っくり返されそうになったのには驚きましたよ。

わたしは一向おもしろくなかったが、おやじは閑寂《しずか》でいいとかいうので、その軽井沢の大きい薄暗い部屋に四日ばかり逗留していました。考えてみると随分物好きです。すると、二日目は朝から雨がびしょびしょ降る。十月の末だから信州のここらは急に寒くなる。おやじとわたしとは宿屋の店に切ってある大きい炉の前に坐って、宿の亭主を相手に土地の話などを聞いていると、やがて日の暮れかかるころに、もう五十近い大男がずっとはいって来ました。その男の商売は杣《そま》で、五年ばかり木曾の方へ行っていたが、さびれた故郷でもやはり懐かしいとみえて、この夏の初めからここへ帰って来たのだそうです。

われわれも退屈しているところだから、その男を炉のそばへ呼びあげて、いろいろの話を聞いたりしているうちに、杣の男が木曾の山奥にいたときの話をはじめました。

「あんな山奥にいたら、時々には怖ろしいことがありましたろうね。」と、年の若いわたしは一種の好奇心にそそられて訊きました。

「さあ。山奥だって格別に変りありませんよ。」と、かれは案外平気で答えました。「怖ろしいのは大あらしぐらいのものですよ。猟師はときどきに怪物《えてもの》にからかわれると言いますがね。」

「えてものとは何です。」

「なんだか判りません。まあ、猿の甲羅《こうら》を経たものだとか言いますが、誰も正体をみた者はありません。まあ、早くいうと、そこに一羽の鴨があるいている。はて珍らしいというのでそれを捕ろうとすると、鴨めは人を焦らすようについと逃げる。こっちは焦《あせ》ってまた追って行く。それが他のものには何にも見えないで、猟師は空《くう》を追って行くんです。その時にはほかの者が大きい声で、そらえてものだぞ、気をつけろと呶鳴《どな》ってやると、猟師もはじめて気がつくんです。最初から何にもいるのじゃないので、その猟師の眼にだけそんなものが見えるんです。

　それですから木曾の山奥へはいる猟師は決して一人で行きません。きっとふたりか三人連れで行くことにしています。ある時にはこんなこともあったそうです。山奥へはいった二人の猟師が、谷川の水を汲んで飯をたいて、もう蒸《む》れた時分だろうと思って、そのひとりが釜の蓋《ふた》をあけると釜のなかから女の大きい首がぬっと出たんです。その猟師はあわてて釜の蓋をして、上からしっかり押えながら、えてものだ、えてものだ、早くぶっ払えと呶鳴りますと、連れの猟師はすぐに鉄砲を取ってどこを的《あて》ともなしに二、三発つづけ撃ちに撃ちました。それから釜の蓋をあけると、女の首はもう見えませんでした。まあ、こういうたぐいのことをえてものの仕業だというんですが、そのえてものに出逢うものは猟師仲間に限っていて、杣小屋などでは一度もそんな目に逢ったことはありませんよ。」

彼は太い煙管《きせる》で煙草をすぱすぱとくゆらしながら澄まし込んでいるので、わたしは失望しました。さびしく衰えた古い宿場で、暮秋の寒い雨が小歇《こや》みなしに降っている夕《ゆうべ》、深山《みやま》の奥に久しく住んでいた男から何かの怪しい物がたりを聞き出そうとした、その期待は見事に裏切られてしまったのです。それでも私は強請《ねだ》るようにしつこく訊きました。

「しかし五年もそんな山奥にいては、一度や二度はなにか変ったこともあったでしょう。いや、お前さん方は馴れているから何とも思わなくっても、ほかの者が聞いたら珍らしいことや、不思議なことが……。」

「さあ。」と、かれは粗朶《そだ》の煙りが眼にしみたように眉を皺めました。「なるほど考えてみると、長いあいだに一度や二度は変ったこともありましたよ。そのなかでもたった一度、なんだか判らずに薄気味の悪かったことがありました。なに、その時は別になんとも思わなかったのですが、あとで考えるとなんだか気味がよくありませんでした。あれはどういうわけですかね。」

かれは重兵衛という男で、そのころ六つの太吉という男の児と二人ぎりで、木曽の山奥の杣小屋にさびしく暮らしていました。そこは御嶽山《おんたけさん》にのぼる黒沢口からさらに一里ほどの奥に引っ込んでいるので、登山者も強力《ごうりき》もめったに姿をみせなかったそうです。さてこれからがお話の本文《ほんもん》と思ってください。

「お父《とっ》さん、怖いよう。」

今までおとなしく遊んでいた太吉が急に顔の色を変えて、父の膝に取りついた。親ひとり子ひとりでこの山奥に年じゅう暮らしているのであるから、寂しいのには馴れている。猿や猪を友達のように思っている。小屋を吹き飛ばすような大あらしも、山がくずれるような大雷鳴《おおかみなり》も、めったにこの少年を驚かすほどのことはなかった。それがきょうにかぎって顔色をかえて顫《ふる》えて騒ぐ。父はその頭をなでながら優しく言い聞かせた。

「なにが怖い。お父さんはここにいるから大丈夫だ。」

「だって、怖いよ。お父さん。」

「弱虫め。なにが怖いんだ。そんな怖いものがどこにいる。」と、父の声はすこし暴《あら》くなった。

「あれ、あんな声が……。」

太吉が指さす向うの森の奥、大きい樅《もみ》や栂《つが》のしげみに隠れて、なんだか唄うような悲しい声が切れ切れにきこえた。九月末の夕日はいつか遠い峰に沈んで、木の間から洩れる湖のような薄青い空には三日月の淡い影が白銀《しろがね》の小舟のように浮かんでいた。

「馬鹿め。」と、父はあざ笑った。「あれがなんで怖いものか。日がくれて里へ帰る樵夫《きこり》か猟師が唄っているんだ。」

「いいえ、そうじゃないよ。怖い、怖い。」

「ええ、うるさい野郎だ。そんな意気地なしで、こんなところに住んでいられるか。そんな弱虫で男になれるか。」

叱りつけられて、太吉はたちまちすくんでしまったが、やはり怖ろしさはやまないとみえて、小屋の隅の方に這い込んで小さくなっていた。重兵衛も元来は子煩悩の男であるが、自分の頑丈に引きくらべて、わが子の臆病がひどく癪《しゃく》にさわった。

「やい、やい、何だってそんなに小さくなっているんだ。ここは俺たちの家だ。誰が来たって怖いことはねえ。もっと大きくなって威張っていろ。」

太吉は黙って、相変らず小さくなっているので、父はいよいよ癪にさわったが、さすがにわが子をなぐりつけるほどの理由も見いだせないので、ただ忌々《いまいま》しそうに舌打ちした。

「仕様のねえ馬鹿野郎だ。およそ世のなかに怖いものなんぞあるものか。さあ、天狗でも山の神でもえてものでも何でもここへ出て来てみろ。みんなおれが叩きなぐってやるから。」

わが子の臆病を励ますためと、また二つには唯なにがなしに癪にさわって堪《たま》らないのとで、かれは焚火《たきび》の太い枝をとって、火のついたままで無暗に振りまわしながら、相手があらばひと撃ちといったような剣幕で、小屋の入口へつかつかと駈け出した。出ると、外には人が立っていて、出会いがしらに重兵衛のふり廻す火の粉は、その人の顔にばらばらと飛び散った。相手も驚いたであろうが、重兵衛もおどろいた。両方が、しばらく黙って睨み合っていたが、やがて相手は高く笑った。こっちも思わず笑い出した。

「どうも飛んだ失礼をいたしました。」

「いや、どうしまして……。」と、相手は会釈した。「わたくしこそ突然にお邪魔をして済みません。実は朝から山越しをしてくたびれ切っているもんですから。」

少年を恐れさせた怪しい唄のぬしはこの旅人であった。夏でも寒いと唄われている木曾の御嶽の山中に行きくれて、彼はその疲れた足を休めるためにこの焚火の煙りを望んで尋ねて来たのであろう。疲労を忘れるがために唄ったのである。火を慕うがために尋ねて来たのである。これは旅人の習いで不思議はない。この小屋はここらの一軒家であるから、樵夫や猟師が煙草やすみに来ることもある。路に迷った旅人が湯をもらいに来ることもある。そんなことはさのみ珍らしくもないので、親切な重兵衛はこの旅人をも快く迎い入れて、生木《なまき》のいぶる焚火の前に坐らせた。

旅人はまだ二十四五ぐらいの若い男で、色の少し蒼ざめた、頰の瘦せて尖った、しかも円い眼は愛嬌に富んでいる優しげな人物であった。頭には鍔《つば》の広い薄茶の中折帽をかぶって、詰襟ではあるがさのみ見苦しくない縞の洋服を着て、短いズボンに脚絆《きゃはん》草鞋《わらじ》という身軽のいでたちで、肩には学校生徒のような茶色の雑嚢《ざつのう》をかけていた。見たところ、御料林を見分《けんぶん》に来た県庁のお役人か、悪くいえば地方行商の薬売りか、まずそんなところであろうと重兵衛はひそかに値踏みをした。

こういう場合に、主人が旅人に対する質問は、昔からの紋切り形であった。

「お前さんはどっちの方から来なすった。」

「福島の方から。」

「これからどっちへ……。」

「御嶽を越して飛騨《ひだ》の方へ……。」

こんなことを言っているうちに、日も暮れてしまったらしい。燈火《あかり》のない小屋のなかは燃えあがる焚火にうすあかく照らされて、重兵衛の四角張った顔と旅人の尖った顔とが、うず巻く煙りのあいだからぼんやりと浮いてみえた。

二

「おかげさまでだいぶ暖かくなりました。」と、旅人は言った。「まだ九月の末だというのに、ここらはなかなか冷えますね。」

「夜になると冷えて来ますよ。なにしろ駒ケ嶽では八月に凍《こご》え死んだ人があるくらいですから。」と、重兵衛は焚火に木の枝をくべながら答えた。

それを聞いただけでも薄ら寒くなったように、旅人は洋服の襟をすくめながらうなずいた。

この人が来てからおよそ半時間ほどにもなろうが、そのあいだにかの太吉は、子供に追いつめられた石蟹のように、隅の方に小さくなったままで身動きもしなかった。が、彼はいつまでも隠れているわけにはいかなかった。彼はとうとう自分の怖れている人に見付けられてしまった。

「おお、子供衆がいるんですね。うす暗いので、さっきからちっとも気がつきませんでした。そんなここにいいものがあります。」

かれは首にかけた雑嚢の口をあけて、新聞紙につつんだ竹の皮包みを取出した。中には海苔巻のすしがたくさんにはいっていた。

「山越しをするには腹が減るといけないと思って、食い物をたくさん買い込んで来たのですが、そうも食えないもので……。御覧なさい。まだこっちにもこんな物があるんです。」

もう一つの竹の皮包みには、食い残りの握り飯と刻みするめのようなものがはいっていた。

「まあ、これを子供衆にあげてください。」

ここらに年じゅう住んでいる者では、海苔巻のすしでもなかなか珍らしい。重兵衛は喜んでその贈り物を受取った。

「おい、太吉。お客人がこんないいものを下すったぞ。早く来てお礼をいえ。」

いつもならば、にこにこして飛び出してくる太吉が、今夜はなぜか振り向いても見なかった。彼は眼にみえない怖ろしい手に摑まれたように、固くなったままで竦《すく》んでいた。さっきからの一件もあり、かつは客人の手前もあり、重兵衛はどうしても叱言《こごと》をいわないわけにはいかなかった。

「やい、何をぐずしているんだ。早く来い。こっちへ出て来い。」

「あい。」と、太吉はかすかに答えた。

「あいじゃあねえ、早く来い。」と、父は呶鳴った。「お客人に失礼だぞ。早く来い。来ねえか。」

気の短い父はあり合う生木《なまき》の枝を取って、わが子の背にたたきつけた。

「あ、あぶない。怪我でもするといけない。」と、旅人はあわてて遮った。

「なに、言うことをきかない時には、いつでも引っぱたくんです。さあ、野郎、来い。」

もうこうなっては仕方がない。太吉は穴から出る蛇のように、小さい体をいよいよ小さくして、父のうしろへそっと這い寄って来た。重兵衛はその眼先へ竹の皮包みを開いて突きつけると、紅い生姜《しょうが》は青黒い海苔をいろどって、子供の眼にはさも旨そうにみえた。

「それみろ。旨そうだろう。お礼をいって、早く食え。」

太吉は父のうしろに隠れたままで、やはり黙っていた。

「早くおあがんなさい。」と、旅人も笑いながら勧めた。

その声を聞くと、太吉はまた顫《ふる》えた。さながら物に襲われたように、父の背中にひしとしがみ付いて、しばらくは息もしなかった。彼はなぜそんなにこの旅人を恐れるのであろう。小児《こども》にはあり勝ちのひとみしりかとも思われるが、太吉は平生そんなに弱い小児ではなかった。ことに人里の遠いところに育ったので、非常に人を恋しがる方であった。樵夫でも猟師でも、あるいは見知らぬ旅人でも、一度この小屋へ足を入れた者は、みんな小さい太吉の友達であった。どんな人に出逢っても、太吉はなれなれしく小父《おじ》さんと呼んでいた。それが今夜にかぎって、普通の不人相《ぶにんそう》を通り越して、ひどくその人を嫌って恐れているらしい。相手が子供であるから、旅人は別に気にも留めないらしかったが、その平生を知っている父は一種の不思議を感じないわけにはいかなかった。

「なぜ食わない。折角うまい物を下すったのに、なぜ早く頂かない。馬鹿な奴だ。」

「いや、そうお叱りなさるな。小児というものは、その時の調子でひょいと拗《こじ》れることがあるもんですよ。まあ、あとで食べさせたらいいでしょう。」と、旅人は笑いを含んでなだめるように言った。

「お前が食べなければ、お父《とっ》さんがみんな食べてしまうぞ。いいか。」

父が見返ってたずねると、太吉はわずかにうなずいた。重兵衛はそばの切株の上に皮包みをひろげて、錆びた鉄の棒のような海苔巻のすしを、またたく間に五、六本も頬張ってしまった。それから薬缶《やかん》のあつい湯をついで、客にもすすめ、自分も、がぶがぶ飲んだ。

「時にどうです。お前さんはお酒を飲みますかね。」と、旅人は笑いながらまた訊いた。

「酒ですか。飲みますとも……。大好きですが、こういう世の中にいちゃ不自由ですよ。」

「それじゃあ、ここにこんなものがあります。」

旅人は雑嚢をあけて、大きい壜詰の酒を出してみせた。

「あ、酒ですね。」と、重兵衛の口からは涎《よだれ》が出た。

「どうです。寒さしのぎに一杯やったら……。」

「結構です。すぐに燗《かん》をしましょう。ええ、邪魔だ。退《ど》かねえか。」

自分の背中にこすり付いているわが子をつきのけて、重兵衛はかたわらの棚から忙がしそうに徳利をとり出した。それから焚火に枝を加えて、壜の酒を徳利に移した。父にふり放された太吉は猿曳きに捨てられた小猿のようにうろうろしていたが、煙りのあいだから旅人の顔を見ると、またたちまち顫えあがって、むしろの上に俯伏したままで再び顔をあげなかった。

「今晩は……。重兵衛どん、いるかね。」

外から声をかけた者がある。重兵衛とおなじ年頃の猟師で、大きい黒い犬をひいていた。

「弥七どんか。はいるがいいよ。」と、重兵衛は燗の支度をしながら答えた。

「誰か客人がいるようだね。」と、弥七は肩にした鉄砲をおろして、小屋へひと足踏み込もうとすると、黒い犬は何を見たのか俄かに唸りはじめた。

「なんだ、なんだ。ここはおなじみの重兵衛どんの家だぞ。はははは。」

弥七は笑いながら叱ったが、犬はなかなか鎮まりそうにもなかった。四足の爪を土に食い入るように踏ん張って、耳を立て眼を瞋《いか》らせて、しきりにすさまじい唸り声をあげていた。

「黒め。なにを吠えるんだ。叱《し》っ、叱っ。」と、重兵衛も内から叱った。

弥七は焚火の前に寄って来て、旅人に挨拶した。犬は相変らず小屋の外で唸っていた。

「お前いいところへ来たよ。実は今このお客人にこういうものをもらっての。」と、重兵衛は自慢らしくかの徳利を振ってみせた。

「やあ、酒の御馳走があるのか。なるほど運がいいのう、旦那、どうも有難うごぜえます。」

「いや、お礼を言われるほどにたくさんもないのですが、まあ寒さしのぎに飲んでください。食い残りで失礼ですけれど、これでも肴にして……。」

旅人は包みの握り飯と刻みするめとを出した。海苔巻もまだ幾つか残っている。酒に眼のない重兵衛と弥七とは遠慮なしに飲んで食った。まだ宵ながら山奥の夜は静寂《しずか》で、ただ折りおりに峰を渡る山風が大浪の打ち寄せるように聞えるばかりであった。

酒はさのみの上酒というでもなかったが、地酒を飲み馴れているこの二人には、上々の甘露であった。自分たちばかりが飲んでいるのもさすがにきまりが悪いので、おりおりには旅人にも茶碗をさしたが、相手はいつも笑って頭《かぶり》を振っていた。小屋の外では犬が待ちかねているように吠え続けていた。

「騒々しい奴だのう。」と、弥七はつぶやいた。「奴め、腹がへっているのだろう。この握り飯を一つ分けてやろうか。」

彼は握り飯をとって軽く投げると、戸の外までは転げ出さないで、入口の土間に落ちて止まった。犬は食い物をみて入口へ首を突っ込んだが、旅人の顔を見るやいなや、にわかに狂うように吠えたけって、鋭い牙をむき出して飛びかかろうとした。

「叱っ、叱っ。」

重兵衛も弥七も叱って追いのけようとしたが、犬は憑《つ》き物でもしたようにいよいよ狂い立って、焚火の前に跳り込んで来た。旅人はやはり黙って睨んでいた。

「怖いよう。」と、太吉は泣き出した。

犬はますます吠え狂った。子供は泣く、犬は吠える、狭い小屋のなかは乱脈である。

客人の手前、あまり気の毒になって来たので、無頓着の重兵衛もすこし顔をしかめた。

「仕様がねえ。弥七、お前はもう犬を引っ張って帰れよう。」

「むむ、長居をするとかえってお邪魔だ。」

　弥七は旅人に幾たびか礼をいって、早々に犬を追い立てて出た。と思うと、かれは小戻りをして重兵衛を表へ呼び出した。

「どうも不思議なことがある。」と、彼は重兵衛にささやいた。「今夜の客人は怪物《えてもの》じゃねえかしら。」

「馬鹿をいえ。えてものが酒やすしを振舞ってくれるものか。」と、重兵衛はあざ笑った。

「それもそうだが……。」と、弥七はまだ首をひねっていた。「おれ達の眼にはなんにも見えねえが、この黒めの眼には何かおかしい物が見えるんじゃねえかしら。こいつ、人間よりよっぽど利口な奴だからの。」

　弥七のひいている熊のような黒犬がすぐれて利口なことは、重兵衛もふだんからよく知っていた。この春も大猿がこの小屋へうかがって来たのを、黒は焚火のそばに転がっていながらすぐにさとって追いかけて、とうとうかれを咬み殺したこともある。その黒が今夜の客にむかって激しく吠えかかるのは何か子細があるかも知れない。わが子がしきりにかの旅人を恐れていることも思い合されて、重兵衛もなんだかいやな心持になった。

「だって、あれがまさかにえてものじゃあるめえ。」

「おれもそう思うがの。」と、弥七はまだ腑に落ちないような顔をしていた。「どう考えても黒めが無暗にあの客人に吠えつくのがおかしい。どうも徒事《ただごと》でねえように思われる。試しに一つぶっ放してみようか。」

そう言いながら彼は鉄砲を取り直して、空にむけて一発撃った。その筒音はあたりにこだまして、森の寝鳥がおどろいて起《た》った。重兵衛はそっと引っ返して中をのぞくと、旅人はちっとも形を崩さないで、やはり焚火の煙りの前におとなしく坐っていた。

「どうもしねえか。」と、弥七は小声で訊いた。「おかしいのう。じゃ、まあ仕方がねえ。おれはこれで帰るから、あとを気をつけるがいいぜ。」

まだ吠えやまない犬を追い立てて、弥七は麓の方へくだって行った。

三

今まではなんの気もつかなかったが、弥七におどされてから重兵衛もなんだか薄気味悪くなって来た。まさかにえてものでもあるまい——こう思いながらも、彼はかの旅人に対して今までのような親しみをもつことが出来なくなった。かれは黙って中へ引っ返すと、旅人はかれに訊いた。

「今の鉄砲の音はなんですか。」

「猟師が嚇《おど》しに撃ったんですよ。」

「嚇しに……。」

「ここらへは時々にえてものが出ますからね。畜生の分際で人間を馬鹿にしようとしたって、そりゃ駄目ですよ。」と、重兵衛は探るように相手の顔をみると、かれは平気で聞いていた。

「えてものとは何です。猿ですか。」

「そうでしょうよ。いくら甲羅経たって人間にゃかないませんや。」

こう言っているうちにも、重兵衛はそこにある大きい鉈《なた》に眼をやった。すわといったらその大鉈で相手のまっこうを殴《くら》わしてやろうと、ひそかに身構えをしたが、それが相手にはちっとも感じないらしいので、重兵衛もすこし張合い抜けがした。えてものの疑いもだんだんに薄れて来て、彼はやはり普通の旅人であろうと重兵衛は思い返した。しかしそれも束の間で、旅人はまたこんなことを言い出した。

「これから山越しをするのも難儀ですから、どうでしょう、今夜はここに泊めて下さるわけにはいきますまいか。」

重兵衛は返事に困った。一時間前の彼であったらば、無論にこころよく承知したに相違なかったが、今となってはその返事に躊躇した。よもやとは思うものの、なんだか暗い影を帯びているようなこの旅人を、自分の小屋にあしたまで止めて置く気にはなれなかった。

かれは気の毒そうに断った。

「折角ですが、それはどうも……。」

「いけませんか。」

思いなしか、旅人の瞳は鋭くひかった。愛嬌に富んでいる彼の眼がにわかに獣《けもの》のようにけわしく変った。重兵衛はぞっとしながらも、重ねて断った。

「なにぶん知らない人を泊めると、警察でやかましゅうございますから。」

「そうですか。」と、旅人は嘲るように笑いながらうなずいた。その顔がまた何となく薄気味悪かった。

焚火がだんだんに弱くなって来たが、重兵衛はもう新しい枝をくべようとはしなかった。暗い峰から吹きおろす山風が小屋の戸をぐらぐらと揺すって、どこやらで猿の声がきこえた。太吉はさっきから筵《むしろ》をかぶって隅の方にすくんでいた。重兵衛も言い知れい恐怖に囚われて、再びこの旅人を疑うようになって来た。かれは努めて勇気を振《ふる》い興して、この不気味な旅人を追い出そうとした。

「なにしろ何時までもこうしていちゃあ夜がふけるばかりですから、福島の方へ引っ返すか、それとも黒沢口から夜通しで登るか、早くどっちかにした方がいいでしょう。」

「そうですか。」と、旅人はまた笑った。

消えかかった焚火の光りに薄あかるく照らされている彼の蒼ざめた顔は、どうしてもこの世の人間とは思われなかったので、重兵衛はいよいよ堪らなくなった。しかしそれは自分の臆病な眼がそうした不思議を見せるのかも知れないと、彼はそこにある鉈に手をかけようとして幾たびか躊躇しているうちに、旅人は思い切ったように起《た》ちあがった。

「では、福島の方へ引っ返しましょう。そしてあしたは強力《ごうりき》を雇って登りましょう。」

「そうなさい。それが無事ですよ。」

「どうもお邪魔をしました。」

「いえ、わたくしこそ御馳走になりました。」と、重兵衛は気の毒が半分と、憎いが半分とで、丁寧に挨拶しながら、入口まで送り出した。ほんとうの旅人ならば気の毒である。人をだまそうとするえてものならば憎い奴である。どっちにも片付かない不安な心持で、かれは旅人のうしろ影が大きい闇につつまれて行くのを見送っていた。

「お父さん。あの人は何処へか行ってしまったかい。」と、太吉は生き返ったように這い起きて来た。「怖い人が行ってしまって、いいねえ。」

「なぜあの人がそんなに怖かった。」と、重兵衛はわが子に訊いた。

「あの人、きっとお化けだよ。人間じゃないよ。」

「どうしてお化けだと判った。」

それに対してくわしい説明をあたえるほどの知識を太吉はもっていなかったが、彼はしきりにかの旅人はお化けであると顫えながら主張していた。重兵衛はまだ半信半疑であった。

「なにしろ、もう寝よう。」

重兵衛は表の戸を閉めようとするところへ、袷《あわせ》の筒袖で草鞋がけの男がまたはいって来た。

「今ここへ二十四五の洋服を着た男は来なかったかね。」

「まいりました。」

「どっちへ行った。」

教えられた方角をさして、その男は急いで出て行ったかと思うと、二、三町さきの森の中でたちまち鉄砲の音がつづいて聞えた。重兵衛はすぐに出て見たが、その音は二、三発でやんでしまった。前の旅人と今の男とのあいだに何かの争闘が起ったのではあるまいかと、かれは不安ながらに立っていると、やがて筒袖の男があわただしく引っ返して来た。

「ちょいと手を貸してくれ、怪我人がある。」

男と一緒に駈けて行くと、森のなかにはかの旅人が倒れていた。かれは片手にピストルを摑んでいた。

「その旅人は何者なんです。」と、わたしは訊いた。

「なんでも甲府の人間だそうです。」と、重兵衛さんは説明してくれました。「それから一週間ほど前に、諏訪の温泉宿に泊まっていた若い男と女があって、宿の女中の話によると、女は蒼い顔をして毎日しくしく泣いているのを、男はなんだか叱ったり嚇したりしている様子が、どうしても女の方ではいやがっているのを、男が無理に連れ出して来たものらしいということでした。それでも逗留中は別に変ったこともなかったのですが、そこを出てから何処でどうされたのか、その女が顔から胸へかけてずたずたに酷《むご》たらしく斬り刻まれて、路ばたにほうり出されているのを見つけ出した者がある。無論にその連れの男に疑いがかかって、警察の探偵が木曾路の方まで追い込んで来たのです。」

「すると、あとから来た筒袖の男がその探偵なんですね。」

「そうです。前の洋服がその女殺しの犯人だったのです。とうとう追いつめられて、ピストルで探偵を二発撃ったがあたらないので、もうこれまでと思ったらしく、今度は自分の喉を撃って死んでしまったのです。」

親父とわたしとは顔を見合せてしばらく黙っていると、宿の亭主が口を出しました。

「じゃあ、その男のうしろには女の幽霊でも付いていたのかね。小児や犬がそんなに騒いだのをみると……。」

「それだからね。」と、重兵衛さんは子細らしく息をのみ込んだ。「おれも急にぞっとしたよ。いや、俺にはまったくなんにも見えなかった。弥七にも見えなかったそうだ。が、小児はふるえて怖がる。犬は気ちがいのようになって吠える。なにか変なことがあったに相違ない。」

「そりゃそうでしょう。大人に判らないことでも小児には判る。人間に判らないことでも他の動物には判るかも知れない。」と、親父は言いました。

私もそうだろうかと思いました。しかしかれらを恐れさせたのは、その旅人の背負っている重い罪の影か、あるいは殺された女の凄惨《ものすご》い姿か、確かには判断がつかない。どっちにしても、私はうしろが見られるような心持がして、だんだんに親父のそばへ寄って行った。丁度かの太吉という小児が父に取り付いたように……。

「今でもあの時のことを考えると、心持がよくありませんよ。」と、重兵衛さんはまた言いました。

外には暗い雨が降りつづけている。亭主はだまって炉に粗朶をくべました。――その夜の情景は今でもありありと私の頭に残っています。

西《すい》瓜《か》

一

これはM君の話である。M君は学生で、ことしの夏休みに静岡在《ざい》の倉沢という友人をたずねて、半月あまりも逗留していた。

倉沢の家は旧幕府の旗本で、維新の際にその祖父という人が旧主君の供をして、静岡へ無禄移住をした。平生から用心のいい人で、多少の蓄財もあったのを幸いに、幾らかの田地を買って帰農したが、後には茶を作るようにもなって、士族の商法がすこぶる成功したらしく、今の主人すなわち倉沢の父の代になっては大勢の雇人《やといにん》を使って、なかなか盛んにやっているように見えた。祖父という人はすでに世を去って、離れ座敷の隠居所はほとんど空家同様になっているので、わたしは逗留中そこに寝起きをしていた。

「母屋《おもや》よりもここの方が静かでいいよ。」と、倉沢は言ったが、実際ここは閑静で居心《いごころ》のいい八畳の間であった。しかしその逗留のあいだに三日ほど雨が降りつづいたことがあって、わたしもやや退屈を感じないわけには行かなくなった。

勿論、倉沢は母屋から毎日出張《でば》って来て、話し相手になってくれるのではあるが、久し振りで出逢った友達というのではなし、東京のおなじ学校で毎日顔をあわせているのであるから、今さら特別にめずらしい話題が湧き出して来よう筈はない。その退屈がだんだんに嵩《こう》じて来た第三日のゆう方に、倉沢は羽織袴という扮装《いでたち》でわたしの座敷へ顔を出した。かれは気の毒そうに言った。

「実は町にいる親戚の家から老人が急病で死んだという通知が来たので、これからちょっと行って来なければならない。都合によると、今夜は泊まり込むようになるかも知れないから、君ひとりで寂しいだろうが、まあ我慢してくれたまえ。このあいだ話したことのある写本だがね。家の者に言いつけて土蔵の中から捜し出させて置いたから、退屈しのぎに読んで見たまえ。格別面白いこともあるまいとは思うが……。」

彼は古びた写本七冊をわたしの前に置いた。

「このあいだも話した通り、僕の家の六代前の主人は享保《きょうほう》から宝暦のころに生きていたのだそうで、雅号を杏雨《きょうう》といって俳句などもやったらしい。その杏雨が何くれとなく書きあつめて置いた一種の随筆がこの七冊で、もともと随筆のことだから何処まで書けばいいということもないだろうが、とにかくまだこれだけでは完結しないとみえて、題号さえも付けてないのだ。維新の際に祖父も大抵のものは売り払ってしまったのだが、これだけはまず残して置いた。勿論、売るといったところで買い手もなく、さりとて紙屑屋へ売るのも何だか惜しいような気がするので、保存するという意味でもなしに自然保存されて、今日まで無事であったというわけだが、古つづらの底に押し込まれたままで誰も読んだ者もなかったのを、さきごろの土用干しの時に、僕が測らず発見したのだ。」

「それでも二足三文で紙屑屋なんぞに売られてしまわなくって好かったね。今日《こんにち》になってみれば頗《すこぶ》る貴重な書き物が維新当時にみんな反古《ほご》にされてしまったからね。」と、わたしはところどころに虫くいのある古写本をながめながら言った。

「なに、それほど貴重な物ではないに決まっているがね。君はそんなものに趣味を持っているようだから、まあ読んでみて、何か面白いことでもあったら僕にも話してくれたまえ。」

こう言って倉沢は雨のなかを出て行った。かれのいう通り、わたしは若いくせにこんなものに趣味をもっていて、東京にいるあいだも本郷や神田の古本屋あさりをしているので、一種の好奇心も手伝ってすぐにその古本をひき寄せて見ると、なるほど二百年も前のものかも知れない。黴臭《かびくさ》いような紙の匂いが何だか昔なつかしいようにも感じられた。一冊は半紙廿枚綴りで、七冊百四十枚、それに御家流《おいえりゅう》で丹念に細かく書かれているのであるから、全部を読了するにはなかなかの努力を要すると、わたしも始めから覚悟して、きょうはいつもよりも早く電燈のスイッチをひねって、小さい食卓《ちゃぶだい》の上でその第一冊から読みはじめた。

随筆というか、覚え帳というか、そのなかには種々雑多の事件が書き込まれていて、和歌や俳諧の風流な記事があるかと思うと、公辺の用務の記録もある。題号さえも付けてないくらいで、本人はもちろん世間に発表するつもりはなかったのであろうが、それにしても余りに乱雑な体裁だと思いながら、根《こん》よく読みつづけているうちに「深川仇討の事」「湯島女殺しの事」などというような、その当時の三面記事をも発見した。それに興味を誘われて、さらに読みつづけてゆくと、「稲城《いなぎ》家の怪事」という標題の記事を又見付けた。

それにはこういう奇怪の事実が記されてあった。

原文には単に今年の七月初めと書いてあるが、その年の二月、行徳《ぎょうとく》の浜に鯨が流れ寄ったという記事から想像すると、それは享保十九年の出来事であるらしい。日も暮れ六つに近い頃に、ひとりの中間体《ちゅうげんてい》の若い男が風呂敷づつみを抱えて、下谷御徒町《したやおかちまち》辺を通りかかった。そこには某藩侯の辻番所《つじばんしょ》がある。これも単に某藩侯とのみ記してあるが、下谷御徒町というからは、おそらく立花家の辻番所であろう。その辻番所の前を通りかかると、番人のひとりが彼《か》の中間に眼をつけて呼びとめた。

「これ、待て。」

由来、武家の辻番所には「生きた親爺《おやじ》の捨て所」と川柳に嘲られるような、半耄碌《もうろく》の老人の詰めているのが多いのであるが、ここには「筋骨たくましき血気の若侍のみ詰めいたれば、世の人常に恐れをなしけり」と原文に書いてある。その血気の若侍に呼びとめられて、中間はおとなしく立ちどまると、番人は更に訊いた。

「おまえの持っているものは何だ。」

「これは西瓜でござります。」

「あけて見せろ。」

中間は素直に風呂敷をあけると、その中から女の生首《なまくび》が出た。番人は声を荒くして詰《なじ》った。

「これが西瓜か。」

中間は真っ蒼になって、口も利けなくなって、唯ぼんやりと突っ立っていると、他の番人もつづいて出て来て、すぐに彼を捻じ伏せて縄をかけてしまった。三人の番人はその首をあらためると、それは廿七八か、三十前後の色こそ白いが醜い女で、眉も剃らず、歯も染めていないのを見ると、人妻でないことは明らかであった。ただ不思議なのは、その首の切口から血のしたたっていないことであるが、それは決して土人形の首ではなく、たしかに人間の生首である。番人らは一応その首をあらためた上で、ふたたび元の風呂敷につつみ、さらにその首の持参者の詮議に取りかかった。

「おまえは一体どこの者だ。」

「本所の者でござります。」

「武家奉公をする者か。」

それからそれへと厳重の詮議に対して、中間はふるえながら答えた。かれはまだ江戸馴れない者であるらしく、殊に異常の恐怖に襲われて半分は酔った人のようになっていたが、それでも尋ねられることに対しては皆、ひと通りの答弁をしたのである。彼は本所の御米蔵《おこめぐら》のそばに小屋敷を持っている稲城八太郎の奉公人で、その名を伊平といい、上総《かずさ》の八幡《やわた》在から三月前に出て来た者であった。したがって、江戸の勝手も方角もまだよく判らない。きょうは主人の言いつけで、湯島の親類へ七夕に供える西瓜を持ってゆく途中、道をあやまって御徒町の方角へ迷い込んで来たものであるということが判った。

「湯島の屋敷へは今日はじめて参るものか。」と、番人は訊いた。

「いえ、きょうでもう四度目でござりますから、なんぼ江戸馴れないと申しても、道に迷う筈はないのでござりますが……。」と、中間は自分ながら不思議そうに小首をかしげていた。

「主人の手紙でも持っているか。」

「御親類のことでござりますから、別にお手紙はござりません。ただ口上だけでござります。」

「その西瓜というのはお前も検《あらた》めて来たのか。」

「お出入りの八百屋へまいりまして、わたくしが自分で取って来て、旦那様や御新造様のお目にかけ、それで宜しいというので風呂敷につつんで参ったのでござりますから……。」と、かれは再び首をかしげた。「それが途中でどうして人間の首に変りましたか。まるで夢のようでござります。まさかに狐に化かされたのでもござりますまいが……。なにがどうしたのか一向にわかりません。」

暮れ六つといっても、この頃の日は長いので往来は明るい。しかも江戸のまん中で狐に化かされるなどということのあるべき筈がない。さりとて田舎者丸出しで見るから正直そうなこの若い中間が嘘いつわりを申立てようとも思われないので、番人らも共に首をかしげた。第一、なにかの子細があって人間の生首を持参するならば、夜中ひそかに持ち運ぶべきであろう。暮れ方といっても夕日の光りのまだ消え残っている時刻に、平気でそれを抱えあるいているのは、あまりに大胆過ぎているではないか。もし又、かれの申立てを真実とすれば、近ごろ奇怪千万の出来事で、西瓜が人間の生首に変るなどとは、どう考えても判断の付かないことではないか。番人らも実に思案に惑った。

「どうも不思議だな。もう一度よく検めてみよう。」

かれらは念のために、再びその風呂敷をあけて見て、一度にあっと言った。中間も思わず声をあげた。

風呂敷につつまれた女の生首は元の西瓜に変っているのである。叩いてみても、転がして見ても、それは確かに青い西瓜である。西瓜が生首となり、さらに西瓜となり、さながら魔術師に操られたような不思議を見せたのであるから、諸人のおどろかされるのも無理はない、それも一人の眼ならば見損じということもあろうが、若い侍が三人、若い中間が一人、その四人の眼に生首とみえたものが忽《たちま》ち西瓜に変るなどとは、まったく狐に化かされたとでもいうのほかはあるまい。かれらは徒《いたず》らに呆れた顔を見合せて、しばらくは溜息をついているばかりであった。

伊平は無事に釈《ゆる》された。

二

いかに評議したところで、結局どうにも解決の付けようがないので、武勇を誇るこの辻番所の若侍らも伊平をそのまま釈放してしまった。たといその間にいかなる不思議があったにしても、西瓜が元の西瓜である以上、かれらはその持参者の申立てを信用して、無事に済ませるよりほかはなかったのである。伊平は早々にここを立去った。

表へ出て若い中間はほっとした。かれは疑問の西瓜をかかえて、湯島の方へ急いで行きかけたが、小半町《こはんちょう》ほどで又立ちどまった。これをこのまま先方へとどけて好いか悪いかと、かれは不図《ふと》かんがえ付いたのである。どう考えても奇怪千万なこの西瓜を黙って置いて来るのは何だか気がかりである。さりとて、途中でそれが生首に化けましたなどと正直にいうわけにもいくまい。これはひとまず自分の屋敷へ引っ返して、主人に一応その次第を訴えて、なにかの指図を仰ぐ方が無事であろうと、かれは俄かに足の方角を変えて、本所の屋敷へ戻ることにした。

辻番所でも相当に暇取ったので、長い両国橋を渡って御米蔵に近い稲城の屋敷へ帰り着いたころには、日もまったく暮れ切っていた。稲城は小身の御家人《ごけにん》で、主人の八太郎夫婦と下女一人、僕《しもべ》一人の四人暮らしである。折りから主人の朋輩の池部郷助《いけべごうすけ》というのが来合せて、奥の八畳の縁さきで涼みながら話していた。狭い屋敷であるから、伊平が裏口からずっと通って、茶の間になっている六畳の縁の前に立つと、御新造のお米《よね》は透かし視て声をかけた。

「おや、伊平か。早かったね。」

「はい。」

「なんだか息を切っているようだが、途中でどうかしたのかえ。」

「はい。どうも途中で飛んだことがござりまして……。」と、伊平は気味の悪い持ち物を縁側におろした。

「実はこの西瓜が……。」

「その西瓜がどうしたの。」

「はい。」

伊平はなにか口ごもっているので、お米も少し焦《じ》れったくなったらしい、行燈の前を離れて縁側へ出て来た。

「そうして、湯島へ行って来たの。」

「いえ、湯島のお屋敷へは参りませんでした。」

「なぜ行かないんだえ。」

訳を知らないお米はいよいよ焦れて、自分の眼のまえに置いてある風呂敷づつみに手をかけた。

「実はその西瓜が……。」と、伊平は同じようなことを繰返していた。

「だからさ。この西瓜がどうしたというんだよ。」

言いながらお米は念のために風呂敷をあけると、たちまちに驚きの声をあげた。伊平も叫んだ。西瓜は再び女の生首と変っているのである。

「何だってお前、こんなものを持って来たのだえ。」

さすがは武家の女房である。お米は一旦驚きながらも、手早くその怪しい物に風呂敷をかぶせて、上からしっかりと押え付けてしまった。その騒ぎを聞きつけて、主人も客も座敷から出て来た。

「どうした、どうした。」

「伊平が人間の生首を持って帰りました。」

「人間の生首……。飛んでもない奴だ。わけを言え。」と、八太郎も驚いて詮議した。

こうなれば躊躇してもいられない。もともとそれを報告するつもりで帰って来たのであるから、伊平は下谷の辻番所におけるいっさいの出来事を訴えると、八太郎は勿論、客の池部も眉をよせた。

「なにかの見違いだろう。そんなことがあるものか。」

八太郎は妻を押しのけて、みずからその風呂敷を刎《は》ねのけてみると、それは人間の首ではなかった。八太郎は笑い出した。

「それ見ろ。これがどうして人間の首だ。」

しかしお米の眼にも、伊平の眼にも、たしかにそれが人間の生首に見えたというので、八太郎は行燈を縁側に持ち出して来て、池部と一緒によく検めてみたが、それは間違いのない西瓜であるので、八太郎はまた笑った。しかし池部は笑わなかった。

「伊平は前の一件があるので、再び同じまぼろしを見たともいえようが、なんにも知らない御新造までが人間の生首を見たというのは如何《いか》にも不思議だ。これはあながちに辻番人の粗忽《そこつ》や伊平の臆病とばかりは言われまい。念のためにその西瓜をたち割って見てはどうだな。」

これには八太郎も異存はなかった。然らば試みに割ってみようというので、彼は刀の小柄《こづか》を突き立ててきりきりと引きまわすと、西瓜は真っ紅な口をあけて、一匹の青い蛙を吐き出した。蛙は跳ねあがる暇もなしに、八太郎の小柄に突き透された。

「こいつの仕業かな。」と、池部は言った。八太郎は西瓜を真っ二つにして、さらにその中を探ってみると、幾すじかの髪の毛が発見された。長い髪は蛙の後足《あとあし》の一本に強くからみ付いて、あたかもかれをつないでいるかのようにも見られた。髪の毛は女の物であるらしかった。西瓜が醜い女の顔にみえたのも、それから何かの糸を引いているのかも知れないと思うと、八太郎もう笑ってはいられなくなった。お米の顔は蒼くなった。伊平はふるえ出した。

「伊平。すぐに八百屋へ行って、この西瓜の出どころを詮議して来い。」と、主人は命令した。

伊平はすぐに出て行ったが、暫くして帰って来て、主人夫婦と客の前でこういう報告をした。八百屋の説明によると、その西瓜は青物市場から仕入れて来たのではない。柳島《やなぎしま》に近いところに住んでいる小原数馬《おはらかずま》という旗本屋敷から受取ったものである。小原は小普請《こぶしん》入りの無役といい、屋敷の構えも広いので、裏のあき地一円を畑にしていろいろの野菜を作っているが、それは自分の屋敷内の食料ばかりでなく、一種の内職のようにして近所の商人《あきんど》にも払い下げている。なんといっても殿様の道楽仕事であるから、市場で仕入れて来るよりも割安であるのを幸いに、ずるい商人らはお世辞でごまかして、相場はずれの廉値《やすね》で引取って来るのを例としていた。八百屋の亭主は伊平の話を聴いて顔をしかめた。

「実は小原さまのお屋敷から頂く野菜は、元値も廉し、品も好し、まことに結構なのですが、ときどきにお得意さきからお叱言《こごと》が来るので困ります。現にこのあいだも南瓜《かぼちゃ》から小さい蛇が出たと言ってお得意から叱られましたが、それもやっぱり小原さまから頂いて来たのでした。ところで、今度はお前さんのお屋敷へ納めた西瓜から蛙が出るとは……。尤《もっと》もあの辺には蛇や蛙がたくさん棲んでいますから、自然その卵子《たまご》がどうかしてはいり込んで南瓜や西瓜のなかで育ったのでしょうな。しかし西瓜が女の生首に見えたなぞは少し念入り過ぎる。伊平さんも真面目そうな顔をしていながら、人を嚇かすのはなかなか巧いね。はははははは。」

八百屋の亭主も西瓜から蛙の飛び出したことだけは信用したらしかったが、それが女の首に見えたことは伊平の冗談と認めて、まったく取合わないのであった。伊平はそれが紛れもない事実であることを主張したが、口下手の彼はとうとう相手に言い負かされて、結局不得要領で引揚げて来たのである。しかし、かの西瓜が小原数馬の畑から生れたことだけは明白になった。同じ屋敷の南瓜から蛇の出たことも判った。しかしその蛇にも女の髪の毛がからんでいたかどうかは、伊平は聞き洩らした。

もうこの上に詮議の仕様もないので、八太郎はその西瓜を細かく切り刻んで、裏手の芥溜《ごみため》に捨てさせた。あくる朝、ためしに芥溜をのぞいて見ると、西瓜は皮ばかり残っていて、紅い身は水のように融《と》けてしまったらしい。青い蛙の死骸も見えなかった。

事件はそれで済んだのであるが、八太郎はまだ何だか気になるので、二、三日過ぎた後、下谷の方角へ出向いたついでに、かの辻番所に立寄って聞きあわせると、番人らは確かにその事実のあったことを認めた。そうして、自分たちは今でも不審に思っていると言った。それにしても、なぜ最初に伊平を怪しんで呼びとめたかと訊くと、唯なんとなくその挙動が不審であったからであると彼等は答えた。江戸馴れない山出しの中間が道に迷ってうろうろしていたので、挙動不審と認められたのも無理はないと八太郎は思った。しかもだんだん話しているうちに、番人のひとりは更にこんなことを洩らした。

「またそればかりでなく、あの中間のかかえている風呂敷包みから生血《なまち》がしたたっているようにも見えたので、いよいよ不審と認めて詮議いたしたのでござるが、それも拙者の目違いで、近ごろ面目もござらぬ。」

それを聞かされて、八太郎はまた眉をひそめたが、その場はいい加減に挨拶して別れた。その西瓜から蛙や髪の毛のあらわれた事など、彼はいっさい語らなかった。

稲城の屋敷にはその後別に変ったこともなかった。八太郎は家内の者を戒《いまし》めて、その一件を他言させなかったが、この記事の筆者は或る時かの池部郷助からその話を洩れ聞いて、稲城の主人にそれを問いただすと、八太郎はまったくその通りであると迷惑そうに答えた。それはこの出来事があってから四月ほどの後のことで、中間の伊平は無事に奉公していた。彼は見るからに実体《じってい》な男であった。

　その西瓜を作り出した小原の家については、筆者はなんにも知らなかったので、それを再び稲城に聞きただすと、八太郎も考えながら答えた。

「近所でありながら拙者もよくは存じません。しかし何やら悪い噂のある屋敷だそうでござる。」

　それがどんな噂であるかは、かれも明らかに説明しなかったそうである。筆者も押返しては詮議しなかったらしく、原文の記事はそれで終っていた。

三

「はは、君の怪談趣味も久しいものだ。」と、倉沢は八畳の座敷の縁側に腰かけて、団扇《うちわ》を片手に笑いながら言った。

　親類の葬式もきのうで済んだので、彼は朝からわたしの座敷へ遊びに来て、このあいだの随筆のなかに何か面白い記事はなかったかと訊いたので、わたしはかの「稲城家の怪事」の一件を話して聞かせると、彼は忽ちそれを一笑に付してしまったのである。

　暦の上では、きょうが立秋というのであるが、三日ほど降りつづいて晴れた後は、さらにカンカン天気が毎日つづいて、日向《ひなた》へ出たらば焦げてしまいそうな暑さである。それでもここの庭には大木が茂っているので、風通しは少し悪いが、暑さに苦しむようなことはない。わたしも縁側に蒲蓙《がまござ》を敷いて、倉沢と向い合っていたが、今や自分が熱心に話して聞かせた怪談を、頭から問題にしないように蹴散らされてしまうと、なんだか一種の不平を感じないわけにもいかなかった。

「君はただ笑っているけれども、考えると不思議じゃないか。女の生首が中間ひとりの眼にみえたというならば格別、辻番の三人にも見え、稲城の家の細君にも見えたというのだから、どうもおかしいよ。」

「おかしくないね。」

「じゃあ、君にその説明がつくのかね。」

「勿論さ。」と、倉沢は澄ましていた。

「うむ、おもしろい。聞かしてもらおう。」と、わたしは詰問するように訊いた。

「迷信家の蒙《もう》をひらいてやるかな。」と、彼はまた笑った。「君が頻《しき》りに問題にしているのは、その西瓜が大勢の眼に生首とみえたということだろう。もしそれが中間ひとりの眼に見えたのならば、錯覚とか幻覚とかいうことで、君も承認するのだろう。」

「だからさ。今も言う通り、それが中間ひとりの眼で見たのでないから……。」

「ひとりでも大勢でも同じことだよ。君は『群衆妄覚』ということを知らないのか。群衆心理を認めながら、群衆妄覚を認めないということがあるものか。僕はその事件をこう解釈するね。まあ、聴きたまえ。その中間は江戸馴れない田舎者だというから、何となくその様子がおかしくって、挙動不審にも見えたのだろう。おまけにその抱えている品が西瓜ときているので、辻番の奴等はもしや首ではないかと思ったのだろう。いや、三人の辻番のうちで、その一人は一途《いちず》に首だと思い込んでしまったに相違ない。そこで、彼の眼には、中間のかかえている風呂敷から生血がしたたっているように見えたのだ。西瓜をつつんで来たのだから、その風呂敷はぬれてでもいたのかも知れない。なにしろ怪しく見えたので、呼びとめて詮議をうけることになって、その風呂敷をあけると、生首がみえた。――その男には生首のように見えたのだ。あッ、首だというと、他の二人――これももしや首ではないかと内々疑っていたのであるから、一人が首だというのを聞かされると、一種の暗示を受けたような形で、これも首のように見えてしまった。それがいわゆる群衆妄覚だ。こうなると、もう仕方がない。三人の侍が首だ首だと騒ぎ立てると、田舎生れの正直者の中間は面食らって、異常の恐怖と狼狽とのために、これも妄覚の仲間入りをしてしまって、その西瓜が生首のように見えたのだ。それだから彼等がだんだんに落ち着いて、もう一度あらためて見ることになると、西瓜は依然たる西瓜で、だれの眼にも人間の首とは見えなくなったというわけさ。こう考えれば、別に不思議はあるまい。」

「なるほど辻番所の一件は、まずそれで一応の解釈が付くとして、その中間が自分の家へ帰った時にも再び西瓜が首になったというじゃあないか。主人の細君がなんにも知らずに風呂敷をあけて見たらば、やっぱり女の首が出たというのはどういうわけだろう。」

「その随筆には、細君がなんにも知らずにあけたように書いてあるが、おそらく事実はそうではあるまい。その風呂敷をあける前に、中間はまず辻番所の一件を報告したのだろうと思う。武家の女房といっても細君は女だ。そんな馬鹿なことがあるものかと言いながらも、内心一種の不安をいだきながらあけて見たに相違ない。その時はもう日が暮れている。行燈の灯のよく届かない縁先のうす暗いところで、怖々《こわごわ》のぞいて見たのだから、その西瓜が再び女の首に見えたのだろう。中間の眼にも勿論そう見えたろう。それも所詮は一時の錯覚で、みんなが落ち着いてよく見ると、元の通りの西瓜になってしまった。詰まりそれだけの事さ。むかしの人はしばしばそんなことに驚かされたのだな。その西瓜をたち割ってみると、青い蛙が出たとか、髪の毛が出たとかいうのは、単に一種のお景物《けいぶつ》に過ぎないことで、瓜や唐茄子からは蛇の出ることもある。蛙の出ることもある。その時代の本所や柳島辺には蛇も蛙もたくさんに棲んでいたろうじゃないか。丁度そんな暗合があったものだから、いよいよ怪談の色彩が濃厚になったのだね。」

彼は無雑作に言い放って、又もや高く笑った。いよいよ小癪に障るとは思いながら、差しあたってそれを言い破るほどの議論を持合せていないので、わたしは残念ながら沈黙するほかはなかった。外はいよいよ日盛りになって来たらしく、油蟬の声がそうぞうしく聞えた。

倉沢はやがて笑いながら言い出した。

「そうは言うものの、僕の家《うち》にも奇妙な伝説があって、西瓜を食わないことになっていたのだ。勿論、この話とは無関係だが……。」

「君は西瓜を食うじゃないか。」

「僕は食うさ。唯ここの家にそういう伝説があるというだけの話だ。」

わたしは東京で彼と一緒に西瓜を食ったことはしばしばある。しかも彼の家にそんな奇妙な伝説があることは、今までちっとも知らなかったのである。倉沢はそれに就いてこう説明した。

「なんでも二百年も昔の話だそうだが……。ある夏のことで、ここらに畑荒らしがはやったそうだ。断って置くが、それは江戸の全盛時代であるから、僕らの先祖は江戸に住んでいて、別に何のかかり合いがあったわけではない。その頃ここには又左衛門とかいう百姓が住んでいて、相当に大きく暮らしている旧家であったということだ。そこで今も言った通り、畑あらしが無暗にはやるので、又左衛門の家でも雇人らに言いつけて毎晩厳重に警戒させていると、ある暗い晩に西瓜畑へ忍び込んだ奴があるのを見つけたので、大勢が駈け集まって撲《なぐ》り付けた。相手は一人、こっちは大勢だから、無事に取押えて詮議すれば好かったのだが、なにしろ若い者が大勢あつまっていたので、この泥坊めというが否や、鋤《すき》や鍬《くわ》でめちゃめちゃに撲り付けて、とうとう息の根を留めてしまった。主人もそれを聞いて、とんだ事をしたと思ったろうが、今更どうにもならない。殺されたのは男でなく、もう六十以上の婆さんで、乞食のような穢《きたな》い装《なり》をして、死んでも大きい眼をあいていたそうだが、どこの者だか判らない。その時代のことだから、相手が乞食同様の人間で、しかも畑あらしを働いたのだから、撲り殺しても差したる問題にもならなかったらしく、夜の明けないうちに近所の寺へ投げ込み同様に葬って、まず無事に済んでしまったのだが、その以来、その西瓜畑に婆さんの姿が時々にあらわれるという噂が立った。これは何処にもありそうな怪談で、別に不思議なことでもなかったが、もう一つ『その以来』という事件は、又左衛門の家の者がその畑の西瓜を食うと、みんな何かの病気に罹って死んでしまうのだ。主人の又左衛門が真っ先に死ぬ、つづいて女房が死ぬ、伜が死ぬという始末で、ここの家では娘に婿を取ると同時に、その畑をつぶしてしまった。それでも西瓜が祟るとみえて、その婿も出先で西瓜を食って死んだので、又左衛門の家は結局西瓜のために亡びてしまうことになったのだ。もちろん一種の神経作用に相違ないが、その後もここに住むものはやはり西瓜に祟られるというのだ。」

「持主が変っても祟られるのか。」

「まあそうなのだ。又左衛門の家はほろびて、他の持主がここに住むようになっても、やはり西瓜を食うと命があぶない。そういうわけで、持主が幾度も変って、僕の一家が明治の初年にここへ移住して来たときには、空家同様になっていたということだ。」

「君の家の人たちは西瓜を食わないかね。」と、わたしは一種の興味を以って訊いた。

「祖父は武士で、別に迷信家というのでもなかったらしいが、元来が江戸時代の人間で、あまり果物——その頃の人は水菓子といって、おもに子供の食う物になっていたらしい。そんなわけで、平生から果物を好まなかった関係上、かの伝説は別としても、ほとんど西瓜などは食わなかった。祖母も食わなかった。それが伝説的の迷信と結びついて、僕の父も母も自然に食わないようになった。柿や蜜柑やバナナは食っても、西瓜だけは食わない。平気で食うのは僕ばかりだ。それでもここで食うと、家の者になんだかいやな顔をされるから、ここにいる時はなるべく遠慮しているが、君も知っている通り、東京に出ている時には委細構わずに食ったよ。氷に冷やした西瓜はまったく旨いからね。」

かれはあくまで平気で笑っていた。わたしも釣り込まれて微笑した。

「そこで、君の家は別として、その以前に住んでいた人たちが西瓜を食ってみんな死んだというのは、本当のことだろうか。」

「さあ、僕も確かには知らないが、ここらの人の話ではまず本当だということだね。」と、倉沢は笑った。「たといそれが事実であったとしても、西瓜を食うと祟られるという一種の神経作用か、さもなくば不思議の暗合だよ。世のなかには実際不思議の暗合がたくさんあるからね。」

「そうかも知れないな。」

私もいつか彼に降伏してしまったのであった。西瓜の話はそれで一旦立消えになって、それから京都の話が出た。わたしは三、四日の後にここを立去って、さらに京都の親戚をたずねる予定になっていたのである。倉沢も一緒に行こうなどと言っていたのであるが、親戚の老人が死んだので、その二七日や三七日の仏事に参列するために、ここで旅行することはむずかしいと言った。自分などはいてもいないでも別に差支えはないのであるが、仏事をよそにして出歩いたりすると、世間の口がうるさい。父や母も故障をいうに相違ないから、まず見合せにするほかはあるまいと彼は言った。そうして、君は京都に幾日ぐらい逗留するつもりだと私に訊いた。

「そう長くもいられない。やはり半月ぐらいだね。」と、わたしは答えた。

「そうすると、廿七八日ごろになるね。」と、かれは考えるように言った。「帰りに又ここへ寄ってくれるだろう。」

「さあ。」と、私もかんがえた。再びここへ押し掛けて来ていろいろの厄介になるのは、倉沢はともあれ、その両親や家内の人々に対して少しく遠慮しなければならないと思ったからである。それを察したように、彼はまた言った。

「君、決して遠慮することはないよ。どうで田舎のことだから別に御馳走をするわけじゃあなし、君ひとりが百日逗留していても差支えはないのだから、帰りには是非寄ってくれたまえ。僕もそのつもりで待っているから、きっと寄ってくれたまえよ。廿七日か廿八日ごろに京都を立つとして、廿九日には確かにここへ来られるね。」

「それじゃあ廿九日に来ることにしよう。」と、私はとうとう約束してしまった。

「都合によると、僕はステーションへ迎いに出ていないかも知れないから、真っ直ぐにここへ来ることにしてくれたまえ。いいかい。廿九日だよ。なるべく午前《ひるまえ》に来てもらいたいな。」

「むむ。暑い時分だから、夜行の列車で京都を立つと、午前十一時ごろにはここへ着くことになるだろう。」

「廿九日の午前十一時ごろ……。きっと、待っているよ。」と、彼は念を押した。

四

その日は終日暑かった。日が暮れてから私は裏手の畑のあいだを散歩していると、倉沢もあとから来た。

「君、例の西瓜畑の跡というのを見せようか。昔はまったく空地にしてあったのだが、今日《こんにち》の世の中にそんなことを言っちゃあいられない。僕はしきりに親父に勧めて、この頃はそこら一面を茶畑にしてしまったのだ。」

彼は先に立って案内してくれたが、成程そこらは一面の茶畑で、西瓜の蔓が絡み合っていた昔のおもかげは見いだされなかった。広い空地に草をしげらせて、蛇や蛙の棲家にして置くよりも、こうすれば立派な畑になると、彼はそこらを指さして得意らしく説明した。その畑も次第に夕闇の底にかくれて、涼しい風が虫の声と共に流れて来た。

「おお、涼しい。」と、わたしは思わず言った。

「東京と違って、さすがに日が暮れるとずっと凌《しの》ぎよくなるよ。」

こう言いかけて、倉沢はうす暗い畑の向うを透かして視た。

「あ、横田君が来た。どうしてこんな方へ廻って来たのだろう。僕たちのあとを追っかけて来たのかな。」

「え、横田君……。」と、私もおなじ方角を見まわした。「どこに横田君がいるのだ。」

「それ、あすこに立っているじゃあないか。君には見えないか。」

「見えない、誰も見えないね。」

「あすこにいるよ。白い服を着て、麦わら帽をかぶって……。」と、彼は畑のあいだから伸び上がるようにして指さした。

しかし、わたしの眼にはなんにも見えなかった。横田というのは、東京の××新聞の社員で、去年からこの静岡の支局詰めを命ぜられた青年記者である。学生時代から倉沢を知っているというので、ここの家へも遊びに来る。わたしも倉沢の紹介で、このあいだから懇意になった。その横田がたずねて来るのに不思議はないが、その人の姿がわたしの眼にはみえないのである。倉沢は何を言っているのかと、わたしは少しく烟《けむ》に巻かれたようにぼんやりしていると、彼はわたしを置去りにして、その人を迎えるように足早に進んで行ったかと思うと、やがて続けてその人の名を呼んだ。

「横田君……横田君……。おや、おかしいな。どうしたろう。」

「君は何か見間違えているのだよ。」と、わたしは彼に注意した。「横田君は初めから来ていやあしないよ。」

「いや、確かにそこに立っていたのだが……。」
「だって、そこにいないのが証拠じゃないか。」と、わたしはあざけるように笑った。「君のいわゆる『群衆妄覚』ならば、僕の眼にも見えそうなものだが……。僕にはなんにも見えなかったよ。」

倉沢はだまって、ただ不思議そうに考えていた。どこから飛んで来たのか、一匹の秋の蛍が弱い光りをひいて、彼の鼻のさきを掠めて通ったかと見るうちに、やがてその影は地に落ちて消えた。

それから三日の後に、わたしは倉沢の家を立去って京都へ行った。彼は停車場まで送って来て、月末の廿九日午前《ひるまえ》にはきっと帰って来てくれと、再び念を押して別れた。京都に着いて、わたしは倉沢のところへ絵ハガキを送ったが、それに対して何の返事もなかった。彼が平生の筆不精を知っている私は、別にそれを怪しみもしなかった。

廿九日、その日は二百十日を眼のまえに控えて、なんだか暴《あ》れ模様の曇った日で、汽車のなかは随分蒸し暑かった。

午前十一時をすこし過ぎたころに静岡の駅に着いて、汗をふきながら汽車を降りると、プラットフォームの人混みのなかに、倉沢の家の若い雇人の顔がみえた。彼はすぐ駈けて来て、わたしのカバンを受取ってくれた。

つづいて横田君の姿が見えた。かれは麦わら帽をかぶって、白い洋服を着ていた。出迎えの二人は簡単に挨拶したばかりで、ほとんど無言でわたしを案内して、停車場の前にあるカフェー式の休憩所へ連れ込んだ。

注文のソーダ水の来るあいだに、横田君はまず口を切った。

「たぶん間違いはあるまいと思っていましたが、それでもあなたの顔が見えるまでは内々心配していました。早速ですが、きょうは午後二時から倉沢家の葬式で……。」

「葬式……。誰が亡くなったのですか。」

「倉沢小一郎君が……。」

わたしは声が出ないほどに驚かされた。

雇人は無言で俯向いていた。女給が運んで来た三つのコップは、徒らにわれわれの眼さきに列べられてあるばかりであった。

「あなたが京都へお立ちになった翌々日でした。」と、横田君はつづけて話した。「倉沢君は町へ遊びに出たといって、日の暮れがたに私の支局へたずねて来てくれたので、××軒という洋食屋へ行って、一緒にゆう飯を食ったのですが、その時に倉沢君は西瓜を注文して……。」

「西瓜を……。」と、わたしは訊き返した。

「そうです。西瓜に氷をかけて食ったのです。わたしも一緒に食いました。そうして無事に別れたのですが、その夜なかに倉沢君は下痢を起して、直腸カタルという診断で医師の治療を受けていたのです。それで一旦はよほど快方にむかったようでしたが、廿日過ぎから又悪くなって、とうとう赤痢のような症状になって……。いや、まだ本当に赤痢とまでは決定しないうちに、おとといの午後六時ごろにいけなくなってしまいました。西瓜を食ったのが悪かったのだといいますが、その晩××軒で西瓜を食ったものは他にも五、六人ありましたし、現にわたしも倉沢君と一緒に食ったのですが、ほかの者はみな無事で、倉沢君だけがこんな事になるというのは、やはり胃腸が弱っていたのでしょう。なにしろ夢のような出来事で驚きました。早速京都の方へ電報をかけようと思ったのですが、あなたから来たハガキがどうしても見えないのです。それでも倉沢君が息をひき取る前に、あなたは廿九日の午前十一時ごろにきっと来るから、葬式はその日の午後に営んでくれと言い残したそうで……。それを頼りに、お待ち申していたのです。」

わたしの頭は混乱してしまって、何と言っていいか判らなかった。その混乱のあいだにも私の眼についたのは、横田君の白い服と麦わら帽であった。

「あなたは倉沢君と××軒へ行ったときにも、やはりその服を着ておいででしたか。」

「そうです。」と、横田君はうなずいた。

「帽子もその麦藁で……。」

「そうです。」と、彼は又うなずいた。

麦わら帽に白の夏服、それが横田君の一帳羅《いっちょうら》であるかも知れない。したがって、横田君といえばその麦わら帽と白い服を連想するのかも知れない。さきの夜、倉沢が一種の幻覚のように横田君のすがたを認めた時に、麦わら帽と白い服を見たのは当然であるかも知れない。しかもその幻覚にあらわれた横田君と一緒に西瓜を食って、彼の若い命を縮めてしまったのは、単なる偶然とばかりは言い得ないような気もするのである。

かれが東京で西瓜をしばしば食ったことは、わたしも知っている。しかも静岡ではなるべく遠慮していると言ったにも拘《かかわ》らず、彼は横田君と一緒に西瓜を食ったのである。群衆妄覚をふりまわして、稲城家の怪事を頭から蹴散らしてしまった彼自身が、まさかに迷信の虜《とりこ》となって、西瓜に祟られたとも思われない。これもまた単なる偶然であろうか。

彼はわたしに向って、八月廿九日の午前《ひるまえ》には必ず帰ってくれといった。その廿九日の午前に帰って来て、あたかもその葬式に間に合ったのである。わたしは約束を守ってこの日に帰って来たのを、せめてもの幸いであるとも思った。

そんなことをいろいろ考えながら、わたしは横田君らと共に、休憩所の前から自動車に乗込むと、天候はいよいよ不穏になって、どうでも一度は暴《あ》れそうな空の色が、わたしの暗い心をおびやかした。

鴛鴦鏡《おしどりかがみ》

一

Y君は語る。

これは明治の末年、わたしが東北のある小さい町の警察署に勤めていた時の出来事と御承知ください。一体それは探偵談というべきものか、怪談というべきものか、自分にもよく判らない。こんにちの流行詞《はやりことば》でいえば、あるいは怪奇探偵談とでもいうべき部類のものであるかも知れない。

地方には今も往々見ることであるが、ここらも暦が新旧ともに行なわれていて、盆や正月の場合にも町方《まちかた》では新暦による、在方《ざいかた》では旧暦によるという風習になっているので、今この事件の起った正月の下旬も、在方では旧正月を眼の前に控えている忙がしい時であった。例年に比べると雪の少ない年ではあったが、それでも地面が白く凍っていることは言うまでもない。

夜の十一時頃に、わたし達は町と村との境にある弁天の祠《やしろ》のそばを通った。当夜は非番で、村の或る家の俳句会に出席した帰り路である。連れの人々には途中で別れてしまって、町の方角へむかって帰って来るのは、町の呉服屋の息子で俳号を野童という青年と私との二人ぎりであった。月はないが星の明るい夜で、土地に馴れている私たちにも、夜ふけの寒い空気はかなりに鋭く感じられた。今夜の撰句の噂なども仕尽くして、ふたりは黙って俯向いて歩いていると、野童は突然にわたしの外套の袖をひいた。

「矢田さん。」

「え。」

「あすこに何かいるようですね。」

わたしは教えられた方角を透かして視《み》ると、そこには小さい弁天の祠《ほこら》が暗いなかに立っていた。むかしは祠のほとりに湖水のような大きい池があったと言い伝えられていたが、その池もいつの代にかだんだんに埋められて、今は二三百坪になってしまったが、それでも相当に深いという噂であった。狭い境内には杉や椿の古木もあるが、そのなかで最も眼に立つのは池の岸に垂れている二本の柳の大樹で、この柳の青い蔭があるために、春から秋にかけては弁天の祠のありかが遠方から明らかに望み見られた。その柳も今は痩せている。その下に何物かがひそんでいるらしいのである。

「乞食かな。」と、わたしは言った。

「焚火をして火事でも出されると困りますね。」と、野童は言った。

去年の冬も乞食の焚火のために、村の山王の祠を焼かれたことがあるので、私は一応見とどける必要があると思って、野童と一緒に小さい石橋をわたって境内へ進み入ると、ここには堂守などの住む家もなく、唯わずかに社前の常夜燈の光りひとつが頼りであるが、その灯も今夜は消えているので、私たちは暗い木立ちのあいだを探るようにして辿《たど》って行くほかはなかった。

足音を忍ばせてだんだんに近寄ると、池の岸にひとつの黒い影の動いているのが、水明かりと雪明かりと星明かりとでおぼろげに窺われた。その影はうずくまるように俯向いて、凍った雪を掻いているらしい。獣《けもの》ではない、確かに人である。私服を着ているが、わたしも警察官であるから、進み寄って声をかけた。

「おい。そこで何をしているのだ。」

相手はなんの返事もなしに、摺りぬけて立去ろうとするらしいので、わたしは追いかけて、その行く手に立ちふさがった。野童も外套の袖をはねのけて、すわといえば私の加勢をするべく身構えしていると、相手はむやみに逃げるのも不利益だと覚《さと》ったらしく、無言でそこに立ちどまった。

「おい、黙っていては判らない。君は土地の者かね。」

「はい。」

「ここで何をしていたのだ。」

「はい。」

その声と様子とで、野童は早くも気がついたらしい。ひとあし摺り寄って呼びかけた。

「君は……。冬坡《とうは》君じゃないか。」

そう言われて、わたしも気がついた。彼は町の煙草屋の息子で、雅号を冬坡という青年であるらしかった。冬坡もわれわれの俳句仲間であるが、今夜の句会には欠席してこんなところに来ていたのである。そう判ると、わたし達もいささか拍子抜けの気味であった。

「うむ。冬坡君か。」と、わたしも言った。「今頃こんなところへ何しに来ていたのだ。夜詣りでもあるまい。」

「いや、夜詣りかも知れませんよ。」と、野童は笑った。「冬坡君は弁天さまへ夜詣りをするような訳があるんですから。」

なんにしてもその正体が冬坡と判った以上、私もむずかしい詮議も出来なくなったので、三人が後や先になって境内をあるき出した。野童は今夜の会の話などをして聞かせたが、冬坡はことば寡《すく》なに挨拶するばかりで、身にしみて聞いていないらしかった。わたしの家は町はずれで、他のふたりは町のまん中に住んでいるので、わたしが一番さきに彼らと別れを告げなければならなかった。

二人に挨拶して自分の家へ帰ったが、冬坡の今夜の挙動がどうも私の腑に落ちなかった。野童は何もかも呑み込んでいるようなことを言っていたが、なんの子細があって彼はこの寒い夜ふけに弁天の祠へ行って、池のほとりをさまよっていたのであろう。しかし冬坡がこの頃ここらにも流行する不良青年の徒でないことは、わたしも平生からよく知っているので、彼がなんらかの犯罪事件に関係があろうとも思われない。したがって、わたしも深く注意することなしに眠ってしまった。

そのあくる日は朝から出勤していたので、わたしは野童にも冬坡にも逢う機会がなかった。すると、次の日の午前九時ごろになって、一つの事件がかの弁天池のほとりに起った。町の清月亭という料理屋の娘の死体が池のなかから発見されたのである。

娘はお照といって、年は十九、色も白く、髪も黒く、容貌《きりょう》も悪くないのであるが、惜しいことには生れながらに左の足がすこし短いので、いわゆる跛足という程でもないが、歩く格好はどうもよろしくない。殊にそういう商売屋の娘であるから、当人も平生からひどくそれを苦にしていたらしい。だんだん年頃になるに連れて、その苦がいよいよ重って来たらしく、この足が満足になるならば私は十年ぐらいの寿命を縮めてもいいなどと、さきごろ或る人に語ったという噂もある。それらの願《がん》掛けのためか、あるいは他に子細があるのか知らないが、お照は正月の七草ごろから弁天さまへ日参をはじめた。それも昼なかは人の眼に立つのを厭って、日の暮れるのを待って参詣するのを例としていた。料理屋商売としては、これから忙がしくなろうという灯ともしごろに出てゆくのは、少しく不似合いのようではあるが、彼女はひとり娘である上に、現在は女親ばかりで随分あまやかして育てているのと、もともと狭い土地であるから、弁天の祠まで往復十町あまりに過ぎないので、さのみの時間をも要しないがために、母も別にかれこれも言わなかったらしい。お照は昨夜も参詣に出て行って、こうした最期を遂げたのである。

清月亭は宵から三組ほどの客が落ち合っていたので、それにまぎれて初めのうちは気も付かなかったが、八時ごろになっても娘が帰って来ないので、母もすこしく不安を感じ出して、念のために雇人を見せにやると、弁天社内にお照のすがたは見えないと言って、一旦はむなしく帰って来た。いよいよ不安になって、心あたりを二、三軒聞きあわせた後に、今度は母が雇人を連れて再び弁天の祠へ探しに行ったが、娘の影はやはり見あたらなかった。彼女の死体はあくる朝になって初めて発見されたのであった。その訴えに接して、わたしは一人の巡査とともに現場へ出張して、型のごとくにその死体を検視することになった。池は南にむかって日あたりのいいところにあるが、それでもここらのことであるから、岸のあたりはかなりに厚く凍っている。お照の死体は池のまん中に浮かんでいたというのであるが、私たちの出張したときには、もう岸の上に引揚げられて、しょせん無駄とは知りながら藁火《わらび》などで温められていた。

この場合、他殺か自殺かを決するのが第一の問題であることは言うまでもない。医師もあとから駈けつけて来たが、誰の目にもすぐに疑われるのは、お照の額のやや左に寄ったところに、生々《なまなま》しい打ち疵《きず》の痕の残っていることである。しかもそれをもって一途《いちず》に他殺の証拠と認め難いのは、ここらの池や川は氷が厚いので、それが自然に裂けて剣《つるぎ》のように尖っている所もある。あるいは自然に凸起して岩のように突き出ている所もある。それがために自殺を目的の投身者も往々その氷に触れて顔や手足を傷つけている場合があるので、お照の死体もその額の疵だけで他殺と速断するのは危険であることを私たちも考えなければならなかった。殊に医師の検案によると、死体は相当に水を飲んでいるというのであるから、他殺の死体を水中に投げ込んだという疑いはいよいよ薄くなるわけである。

もしお照が自殺であるとすれば、彼女は投身の目的で岸から飛び込んだが、氷が厚いので目的を達しがたく、単に額を傷つけたにとどまったので、さらに這い起きて真ん中まで進んで行って、氷の薄いところを選んで再び投身したものと察せられる。しかし困ったことには、私たちの出張するのを待たずして、早く死体を引揚げてしまったために、氷の上は大勢に踏み荒らされて、泥草鞋《どろわらじ》などの跡が乱れているので、その当時の状況を判断するについて、はなはだしい不便を与えるのであった。

この時、わたしの注意をひいたのは、岸に垂れている二本の枯柳の大樹の根もとが、二つながら掘り返されていることである。さらに検《あらた》めると、一本の根もとの土は乾いている。他の一本の根もとの土はまだ乾かないで、新しく掘り返されたように見える。わたしはそこらに集まっている土地の者に訊いた。

「この柳の下はどうしてこんなに掘ってあるのかね。」

いずれも顔を見合せているばかりで、進んで返事をする者はなかった。誰も今まで気がつかなかったというのである。わたしは岸に近い氷の上に降りて立って、再びそこらを見まわすと、凍り着いているまばらな枯芦のあいだに、園芸用かとも思われるような小さいスコープを発見した。スコープには泥や雪が凍っていた。

何者かがこのスコープを用いて、柳の下を掘ったのであろう。そう思った一刹那、かの冬坡のすがたが私の目先にひらめいた。彼はおとといの晩、この柳の下にうずくまって、凍った雪を掻いていたのである。

二

お照の死体は清月亭の親許へ引渡された。

種々の状況を綜合して考えると、大体において自殺説が有力であった。彼女は自分が跛足に近いのを近ごろ著るしく悲観していたという事実がある以上、若い女の思いつめて、遂に自殺を企てたものと認めるのが正当であるらしかった。もう一つ、清月亭の女中たちの申立てによると、その相手は誰であるか判らないが、お照は近来なにかの恋愛関係を生じて、それがために人知れず煩悶《はんもん》していたらしいというのである。そうなると、自殺の疑いがいよいよ濃厚になって来て、不具者の恋、それが彼女を死の手へ引渡したものと認められて、警察側でも深く踏み込んで詮議するのを見合せるようになった。

冬坡は何のために柳の下を掘っていたのか。又それがお照の死と何かの関係があるのかないのか。それらのことは容易に判断が付かなかったが、わたしは警部という職務のおもて、一応は冬坡を取調べるのが当然であると考えていると、あたかもその日の夕方に、町の裏通りで冬坡に出逢った。

そこは東源寺という寺の横手で、玉椿の生垣のなかには雪に埋もれた墓場が白く見えて、ところどころに大きい杉が立っていた。ゆうぐれの寒い風はその梢をざわざわと揺すって、どこかで鴉《からす》の啼く声もきこえた。冬坡はわたしの来るのを知っているのか、知らないのか、俯向きがちに摺れちがって行き過ぎようとするのを、わたしは小声で呼びかえした。

「冬坡君。どこへ行くのだ。」

彼はおびえたように立停まって、無言でわたしに挨拶した。冬坡は平生から温良の青年である。殊にわたしの俳句友達である。彼に対して職権を示そうなどとは勿論かんがえていないので、わたしは個人的に打解けて訊いた。

「君はおとといの晩、あの弁天池のところで何をしていたのかね。」

彼はだまっていた。

「君はスコープで何か掘っていたのじゃないかな。」と、わたしは畳みかけて訊いた。

「いいえ。」

「では、夜ふけにあすこへ行って、何をしていたのかな。」

彼はまた黙ってしまった。

「君はゆうべもあの池へ行ったかね。」

「いいえ。」

「なんでも正直に言ってくれないと困る。さもないと、わたしは職務上、君を引致《いんち》しなければならないことになる。それは私も好まないことであるから、正直に話してくれ給《たま》え。ゆうべはともあれ、おとといの晩は何をしに行ったのだね。」

冬坡はやはり黙っているのである。こうなると、私も少しく語気を改めなければならなくなった。

「君はふだんに似合わず、ひどく強情だな。隠していると、君のためにならないぜ。実は警察の方では、清月亭のむすめは他殺と認めて、君にも疑いをかけているのだ。」と、わたしは嚇すように言った。

「そうかも知れません。」と、彼は低い声で独り言のようにいった。

「それじゃあ君は何か疑われるような覚えがあるのかな。」

言いかけて私はふと見かえると、折れ曲った生垣の角から一人の女の顔がみえた。女は顔だけをあらわして、こちらを窺っているらしかった。もう暮れかかっているので、その人相はよく判らないが、ゆう闇のなかにも薄白く浮かんでいる彼女の顔が、どうも堅気の女ではないらしい。わたしはそう直覚しながら、さらによく見定めようとする時、不意にわっという声がきこえた。何者かがうしろから彼女を嚇したのである。つづいて若い男の笑い声がきこえて、角から現われ出たのは野童であった。

彼らとわたし達との距離は四、五間に過ぎないのであるから、このいたずら騒ぎのために、今まで隠されていた女の姿も自然にわたしの目先へ押出された。女はコートを着て、襟巻に顔の半分を深く埋めていたが、それが町の芸者であるらしいことは大抵察せられた。野童の家はこの町でも大きい店で、彼も相当に道楽をするらしいから、かねてこの芸者を識っているのであろう。そう思っているうちに、野童の方でもわたし達の姿を見つけて、足早に進み寄って来た。

「今晩は……。やあ、冬坡君もいたのか。」

そうは言ったものの、彼は俄かに口をつぐんで、わたし達の顔をじっと眺めていた。普通の立ち話以外に何かの子細があるらしいことを、彼もすぐに覚ったらしい。飛んだ邪魔者が来たとは思ったが、わたしも笑いながら挨拶した。

「君と今ふざけていたのは誰だね。」

「え。あれは……。」と、野童は冬坡の顔をみながら再び口をつぐんだ。

「ああ、それじゃあ冬坡君のおなじみかね。」

わたしは再び見かえると、女の姿はいつの間にか消えてしまって、あたりを包む夕闇の色はいよいよ深く迫って来た。

野童はおとといの晩わたしに向って、冬坡君は弁天さまへ夜詣りをする訳があると言った。してみると、彼は冬坡について何かの秘密を知っているらしい。その秘密はかの芸者に関係することではあるまいか。しかしそれだけのことならば、いかに内気の青年であるといっても、冬坡が堅く秘密を守るほどの事もあるまい。いずれにしても、野童と冬坡とは別々に取調べる必要がある。ふたりが鼻を突き合せていては、その取調べに不便があると思ったので、わたしはここで、ひとまず冬坡を手放すことにした。

二つ三つ冗談を言って、わたしはそのまま行きかけると、野童は曲り角まで追って来て、そっと訊いた。

「あなたは今、冬坡君を何か調べておいでになったのですか。」

「うむ、少し訊きたいことがあって……。君にも訊きたいことがあるのだが、今夜わたしの家へ来てくれないか。」

「まいります。」

わたしは家へ帰って風呂にはいって、ゆう飯を食ってしまったが、野童はまだ来なかった。そのうちに細かい雪が降り出して来たと、家内の者が言った。この春はここらに珍らしいほど降らなかったのであるから、もう降り出す頃であろうと思いながら、薄暗い電燈の下で炬燵《こたつ》にはいっていると、外の雪は音もなしに降りつづけているらしかった。

九時過ぎになって、野童が来た。いつもは遠慮なしに炬燵にはいって差向いになるのであるが、今夜はなんだか固くなって、平生よりも行儀よく坐っていた。炬燵にはいれと勧めても、彼は躊躇しているらしいので、わたしは妻に言いつけて、彼に手あぶりの火鉢をあたえさせた。

「とうとう降り出したようだな。」と、わたしは言った。

「降って来ました。今度はちっと積もるでしょう。」

「さっきの芸妓はなんという女だね。」

野童は暗い顔をいよいよ暗くして答えた。

「染吉です。」

「ああ、染吉か。」と、わたしは二十三四の、色の白い、眉の力《りき》んだ、右の眼尻に大きい黒子《ほくろ》のある女の顔をあたまに描いた。

「それについて、今夜出ましたのですが……。」と、野童は左右へ気配りするように声をひそめて言い出した。「あなたはなんで冬坡君をお調べになったのでしょうか。」

わたしはすぐには答えないで、相手の顔を睨むように見つめていると、彼は恐れるように少しためらっていたが、やがて小声でまた言いつづけた。

「さっき寺の横手で、あなたにお目にかかった時に、どうもなんだかおかしいと思いまして、あれから冬坡を或る所へ連れて行って、いろいろに詮議をしますと、最初は黙っていて、なかなか口をあかなかったのですが、わたくしがだんだん説得しましたので、とうとう何もかも白状しました。」

「白状……。なにを白状したのかね。あの男がやっぱり清月亭のむすめを殺したのか。」

と、わたしはもう大抵のことを心得ているような顔をして、探りを入れた。

「まあ、お聴きください。御承知の通り、冬坡はおふくろと弟と三人暮らしで、大して都合がいいというわけでもなく、殊におとなしい性質の男ですから、自分から進んで花柳界へ踏み込むようなことはなかったのですが、商売が煙草屋で、花柳界に近いところにあるので、芸妓や料理屋の女中たちはみんな冬坡の店へ煙草を買いに行きます。冬坡はおとなしい上に男振りもいいので、浮気っぽい花柳界にはなかなか人気があって、ちっとぐらい遠いところにいる者でも、わざわざ廻り路をして冬坡の店へ買いに来るようなわけでしたが、そのなかでもあの染吉が大熱心で、どういうふうに誘いかけたのか知りませんが、去年の秋祭りの頃から冬坡と関係をつけてしまったのだそうです。染吉もなかなか利口な女ですし、冬坡はおとなしい男なので、二人の秘密はよほど厳重に守られて、今まで誰にも覚られなかったのです。わたくしもちっとも知りませんでした。いや、まったく知らなかったのです。」

あるいは薄うす知っていたかも知れないが、この場合、彼としてはまずこう言うのほかはあるまいと思いながら、わたしは黙ってきいていた。

三

外の雪には風がまじって来たらしく、窓の戸を時どきに揺する音がきこえた。雪や風には馴れているはずの野童が、今夜はなんだかそれを気にするように、幾たびか見返りながらまた語りつづけた。

「そのうちに、またひとりの競争者があらわれてきました。と申したら、大抵御推量もつきましょうが、それはかの清月亭のお照で、もちろん染吉との関係を知らないで、だんだんに冬坡の方へ接近してきて、これも去年の冬頃から関係が出来てしまったのです。こう言うと、冬坡ははなはだふしだらのようにも聞えますが、何分にもああいう気の弱い男ですから、女の方から眼の色を変えて強く迫って来られると、それを払いのけるだけの勇気がないので、どっちにも義理が悪いと思いながら、両方の女にひきずられて、まあずるずるにその日その日を送っていたという訳です。

しかし、それがいつまでも無事にすむはずがありません。去年の暮に、冬坡のおふくろが風邪をひいて、冬至の日から廿六日頃まで一週間ほど寝込んだことがあります。そのときに染吉とお照とが見舞に来て……。どちらも菓子折かなにかを持ってきて、しかも同時に落合ったものですから、はなはだ工合の悪いことになってしまいました。どうもひと通りの見舞ではないらしいと染吉も睨む、お照も睨む。双方睨みあいで、そのときは何事もなく別れたのですが、二人の女の胸のなかに青い火や紅い火が一度に燃えあがったのは判り切ったことです。

そこで、人間はまあ五分五分としても、お照の方が年も若いし、おまけに相当の料理屋の娘というのですから、この方に強味があるわけですが、困ったことには片足が短い、まあこういう場合にはそれが非常な弱味になります。また、染吉は冬坡よりも二つ年上であるというのが第一の弱味である上に、競争の相手が自分の出先の清月亭の娘というのですから、商売上の弱味もあります。そんなわけで、どちらにもいろいろと弱味があるだけに、余計に修羅を燃やすようにもなって、その競争が激烈というか、深刻というか、他人には想像の出来ないように物凄いものになって来たらしいのです。

しかし、なにぶんにも暮から正月にかけては、料理屋も芸妓も商売の忙がしいのに追われて、男の問題にばかり係りあってもいられなかったのですが、正月も、もうなかば過ぎになって、お正月気分もだんだんに薄れてくると、この問題の火の手がまたさかんになりました。染吉もお照も暇さえあれば冬坡を呼び出して、恨みを言ったり、愚痴を言ったりして、めちゃめちゃに男を小突きまわしていたらしいのです。この春になってから、冬坡がとかくに句会を怠けがちであったのも、そんな摺着《もんちゃく》のためであったということが今わかりました。」

「しかし君はおととい の晩、冬坡君は夜詣りをするわけがあると言ったね。」と、わたしはやや皮肉らしく微笑した。

野童はすこし慌てたように詞《ことば》をとぎらせた。なんといっても、彼はすでに冬坡の秘密を知っていたに相違ないのである。しかしここで詰まらない揚げ足をとっていて、肝腎の本題が横道へそれてはならないと思ったので、わたしは笑いながらまた言った。

「そこで、結局どういうことになったのだね。」

「染吉とお照は一方に冬坡をいじめながら、一方には神信心をはじめました。殊にああいう社会の女たちですから、毎晩かの弁天さまへ夜詣りをして、恋の勝利を祈っていたのです。そのうちに誰が教えたか知りませんが、弁天さまは嫉妬深いから、そんな願掛けはきいてくれないばかりか、かえって祟りがあると言ったので、染吉はこの廿日ごろから夜詣りをやめました。お照も廿三四日頃からやはり参詣を見合せたそうです。すると、この廿五日の巳《み》の日の晩に、二人がおなじ夢を見たのです。」

「夢をみた……。」

「それが実に不思議だと冬坡も言っていました。」と、野童自身も不思議そうに言った。「それが二人ながらちっとも違わないのです。弁天さまが染吉とお照の枕元へあらわれて、境内の柳の下を掘ってみろ。そこには古い鏡が埋まっている。それを掘出したものは自分の願《がん》が叶うのだというお告げがあったそうです。そこで、あくる晩、染吉はお座敷の帰りに冬坡をよび出して、これから一緒に弁天さまへ行ってくれと無理に境内へ連れ込んで、一本の柳の下を掘っているところへ、あなたとわたくしが来かかったので、染吉はあわてて祠のうしろへ隠れてしまって、冬坡だけがわれわれに見付けられたのです。常夜燈を消して置いたのも染吉の仕業で、何分あたりが暗いので、そこらに染吉の隠れていることは一向気が付きませんでした。われわれが立去ったあとで、染吉が再び掘ろうとしたのですが、冬坡がスコープを持って行ってしまったので、仕方がなしに帰って来たそうです。」

「お照は掘りに来なかったのだね。」

「お照がなぜすぐに来なかったのか、その子細はわかりません。商売が商売ですから、その晩はどうしても出られなかったのかも知れません。それでも次の日、すなわち昨日の夕方に冬坡を呼び出して、やはり一緒に行ってくれと言ったそうですが、冬坡はゆうべに懲りているので、夢なんぞはあてになるものではないからやめた方がいいと言って、とうとう断ってしまいました。それでもお照は思い切れないで、自分ひとりで弁天の祠へ行って、二本目の柳の下から鏡を掘出したのです。」

「鏡……。ほんとうに鏡が埋められていたのか。」と、わたしは炬燵の上からからだを乗出して訊いた。

「まったく古い鏡が出たのだから不思議です。」と、彼は小声に力をこめて言った。「お照がそれを掘出したところへ、染吉があとから来ました。染吉もまだ思い切れないので、今夜は日の暮れるのを待ちかねて、二本目の柳の下を掘りに来ると、お照がもう先廻りをしているので驚きました。どちらもあからさまに口へ出して言えることではありませんから、お互いにまあいい加減な挨拶などをしているうちに、お照がなにか鏡のようなものを袖の下にかくしているのを、常夜燈のひかりで染吉が見付けたのです。お照も早く常夜燈を消しておけばよかったのでしょうが、年が若いだけにそれ程の注意が行き届かなかったので、たちまち相手に見付けられてしまったのです。一方のお照が死んでいるので、詳しいことはわかりませんが、染吉はそれを見せろと言い、お照は見せないと言う。日は暮れている、あたりに人はなし、もうこうなれば仇同士の喧嘩になるよりほかはありません。なんといっても、染吉の方が年上ですし、お照は足が不自由という弱味もあるので、その鏡をとうとう染吉に奪い取られました。それを取返そうとしがみつくと、染吉ものぼせているので、持っている鏡で相手の額を力まかせに殴りつけた上に、池のなかへ突き落して逃げました。」

お照の額の疵は氷のためではなかった。たとい氷でないとしても、それが鏡のたぐいであろうとは、わたしも少しく意外であった。

「ただ突き落して逃げたのだね。」と、わたしは念を押した。

「染吉はそう言っているそうです。御承知の通り、岸の氷は厚いのですから、ただ突き落しただけでは溺死する筈はありません。まんなか辺まで引摺って行って突き落すか。それとも染吉が立去ったあとで、お照は水でも飲むつもりで真ん中まで這い出して行って、氷が薄いために思わず滑り込んだのか。あるいは大切な鏡を奪い取られたために、一途に悲観して自殺する気になったのか。それらの事情はよく判らないのですが、いずれにしても自分がお照を殺したも同然だといって、染吉は覚悟しているそうです。」

「覚悟している……。それでは自首するつもりかね。」

「それが困るのです。」と、野童は顔をしかめた。「自分でもそう覚悟をしていながら、やはり女の未練で、きょうも冬坡を寺の墓地へよび出して、これから一緒に北海道へ逃げてくれと頻りに口説いているのです。」

「冬坡はどこにいるね。」

「今はわたくしの家の奥座敷に置いてあるのです。うっかりした所にいると、染吉が付きまとって来て何をするか判りませんから。」

「よろしい。それではすぐに女を引挙げることにしよう。君の留守に、冬坡が又ぬけ出しでもすると困るから、早く帰って保護していてくれ給え。」

野童をさきに帰して、わたしはすぐに官服に着かえて出ると、表はもう眼もあけられないような吹雪になっていた。署へ行って染吉を引致の手続きをすると、彼女は午後から一度も抱え主の家へ帰らないというのであった。停車場へ聞き合せにやったが、彼女が汽車に乗込んだような形跡はなかった。

もしやと思って、弁天社内を調べさせると、あたかもお照とおなじように、その死体は池の中から発見された。雪と水とに濡れている染吉のふところには、古い鏡を大事そうに抱いていた。冬坡を連れて逃げる望みもないとあきらめて、彼女はここを死に場所に選んだのであろう。お照がみずから滑り込んだのであれば勿論、たとい染吉が引摺り込んだとしても、事情が事情であるから死刑にはなるまい。しかも彼女は思い切って恋のかたきの跡を追ったのである。

鏡は青銅でつくられて、その裏には一双の鴛鴦《おしどり》が彫ってあった。鑑定家の説によると、これは支那から渡来したもので、おそらく漢の時代の製作であろうということであった。漢といえば殆んど二千年の昔である。そんな古い物がいつの代《よ》に渡って来て、こんなところにどうして埋められていたのか、勿論わからない。さらに不思議なのは、染吉もお照もおなじ夢を見せられて、その鏡のために同じ終りを遂げたことである。弁天さまに対して恋の願掛けなどをしたために、そんな祟りを蒙《こうむ》ったのであろうと、花柳界の者は怖ろしそうに語り伝えていた。実際わたし達にもその理屈が判らないのであるから、迷信ぶかい花柳界の人々がそんなことを言いふらすのも無理はなかった。殊にその鏡の裏に鴛鴦が彫ってあったということも、この場合には何かの意味ありげにも思われた。

冬坡は一応の取調べを受けただけで済んだが、土地に居にくくなったとみえて、五里ほど離れている隣りの町へ引っ越してしまったが、その後別に変ったこともないように聞いている。

鐘《かね》ケ《が》淵《ふち》

一

I君は語る。

僕の友人に大原というのがいる。現今は北海道の方へ行って、さかんに缶詰事業をやっているが、お父《とっ》さんの代までは、旧幕臣で、当主の名は右之助《うのすけ》ということになっていた。遠いむかしは右馬之助といったのだそうであるが、何かの事情で馬の字を省《はぶ》いて、単に右之助ということになって、代々の当主は右之助と呼ばれていた。ところで、今から六代前の大原右之助という人は徳川八代将軍吉宗に仕えていたが、その時にこういう一つの出来事があったといって、家の記録に書き残されている。由来、諸家の系図とか記録とか伝説とかいうものは、かなり疑わしいものが多いから、これも確かにほんとうかどうかは受け合われないが、ともかくも大原の家では真実の記録として子々孫々に伝えている。それを当代の大原君がかつて話してくれたので、僕は今その受け売りをするわけであるから、多少の聞き間違いがあるかも知れない。その話は大体こうである。

享保十一年に八代将軍吉宗は小金ケ原で狩をしている。やはりその年のことであるというが、将軍の隅田川御成《おなり》があった。僕も遠い昔のことはよく知らないが、二代将軍の頃には隅田川の堤《どて》を鷹狩の場所と定められて、そこには将軍の休息所として隅田川御殿というものが作られていたそうである。それが五代将軍綱吉の殺生禁断の時代に取毀《とりこわ》されて、その後は木母寺《もくぼじ》または弘福寺を将軍の休息所にあてていたということであるが、大原家の記録によると、木母寺を弘福寺に換えられたのは寛保《かんぽう》二年のことであるというから、この話の享保時代にはまだ木母寺が将軍の休息所になっていたものと思われる。

こんな考証は僕の畑にないことであるから、まずいい加減にしておいて、手っ取り早く本文《ほんもん》にとりかかると、このときの御成は四月の末というのであるから鷹狩ではない。木母寺のすこし先に御前畑というものがあって、そこに将軍家の台所用の野菜や西瓜、真桑瓜のたぐいを作っている。またその附近に広い芝生があって、桜、桃、赤松、柳、あやめ、つつじ、さくら草のたぐいをたくさんに植えさせて、将軍がときどき遊覧に来ることになっている。このときの御成も単に遊覧のためで、隅田のながれを前にして、晩春初夏の風景を賞《め》でるだけのことであったらしい。

旧暦の四月末といえば、晩春より初夏に近い。きょうは朝からうららかに晴れ渡って、川上の筑波もあざやかに見える。芝生の植え込みの間にも御茶屋というものが出来ているが、それは大きい建物ではないので、そこに休息しているのは将軍と少数の近習《きんじゅ》だけで、ほかのお供の者はみな木母寺の方に控えている。大原右之助は廿二歳で御徒士《おかち》組の一人としてきょうのお供に加わって来ていた。かれは午飯《ひるめし》の弁当を食ってしまって、二、三人の同輩と梅若塚のあたりを散歩していると、近習頭《がしら》の山下三右衛門が組頭同道で彼をさがしに来た。

「大原、御用だ。すぐに支度をしてくれ。」と、組頭は言った。

「は。」と、大原は形をあらためて答えた。「なんの御用でござります。」

「貴公。水練《すいれん》は達者かな。」と、山下は念を押すように訊いた。

「いささか心得がござります。」

口ではいささかと言っているが、水練にかけては大原右之助、実は大いなる自信があった。大原にかぎらず、この時代の御徒士の者はみな水練に達していたということである。それは将軍吉宗が職をついで間もなく、隅田川のほとりへ狩に出た時、将軍の手から放した鷹が一羽の鴨をつかんだが、その鴨があまりに大きかったために、鷹は摑んだままで水のなかに落ちてしまった。お供の者もあれあれと立ち騒いだが、この大川へ飛び込んでその鷹を救いあげようとする者がない。一同いたずらに手に汗を握っているうちに、御徒士の一人坂入半七というのが野懸けの装束のままで飛び込んで、やがてその鷹と鴨とを臂《ひじ》にして泳ぎ戻って来たので、将軍はことのほかに賞美された。その帰り路に、とある民家の前にたくさんの米俵が積んであるのを将軍がみて、あの米はなんの為にするのであるか。わが家の食米にするのか、他へ納めるのかと訊いたので、おそばの者がその民家に聞きただして、これは自家の食米ではない、代官伊奈半左衛門に上納するものであると答えると、しからばそれをかの鷹を据《す》え上げたる者に取らせろと将軍は言った。その米は四百俵あったという。こうして、坂入半七は意外の面目をほどこした上に、意外の恩賞にあずかったので、その以来、御徒士組の者は競って水練をはげむようになった。

あらためて言うまでもなく、八代将軍吉宗は紀州から入って将軍職を継いだ人で、本国の紀州にあって、若いときから常に海上を泳いでいたので、すこぶる水練に達している。江戸へ出て来てから自分に扈従《こじゅう》する御徒士の侍どもを見るに、どうもあまり水練の心得はないらしい。水練は武術の一科目ともいうべきものであるのに、その練習を怠るのをよろしくないと思っていたので、この機会において吉宗はかの坂入半七を特に激賞し、あわせて他を激励したのであると伝えられている。いずれにしても、それが動機となって、御徒士の面々はみな油断なく水練の研究をすることとなったのみならず、吉宗はさらにそれを奨励するために、毎年六月、浅草駒形堂附近の隅田川において御徒士組の水練を行なわせることとした。

夏季の水練は幕府の年中行事であるが、元禄以後ほとんど中絶のすがたとなっていたのを、吉宗はそれを再興して、年々かならず励行することに定めたので、いやしくも水練の心得がなければ御徒士の役は勤められないことにもなった。したがってその道にかけては皆相当のおぼえがある中でも、大原右之助は指折りの一人であった。

大原と肩をならべる水練の達者は、三上治太郎、福井文吾の二人で、去年の夏の水練御上覧の節には、大原は隅田川のまん中で立ち泳ぎをしながら短冊に歌をかいた。三上はおなじく立ち泳ぎをしながら西瓜と真桑瓜の皮をむいた。福井は家重代《いえじゅうだい》の大鎧《おおよろい》をきて、兜《かぶと》をかぶって太刀を佩《は》いて泳いだ。それ程の者であるから、近習頭の山下もかれが水練の腕前を知らないわけではなかったが、役目の表として、一応は念を押したのである。それに対して、大原もいささか心得がござると答えたのである。大原ばかりでなく、三上も福井も呼び集められて、かれらも一応は水練の有無を問いただされた。

さてその上で、山下はこう言い聞かせた。

「いずれ改めて御上意のあることとは存ずるが、手前よりも内々に申し含めて置く。こんにちの御用は鐘ケ淵の鐘を探れとあるのだ。」

「はあ。」と、三人は顔を見あわせた。

沈鐘伝説などということを、ここでは説かないことにしなければならない。口碑によれば、むかし豊島郡石浜にあった普門院という寺が亀戸村に換地をたまわって移転する時、寺の什物《じゅうもつ》いっさいを船にのせて運ぶ途中、あやまって半鐘を淵の底に沈めたので、そのところを鐘ケ淵と呼ぶというのである。「江戸砂子《すなご》」には橋場の無源寺の鐘楼がくずれ落ちて、その釣鐘が淵に沈んだのであるともいっている。半鐘か釣鐘か、いずれにしても或る時代に或る寺の鐘がここに沈んで、淵の名をなしたということになっている。将軍吉宗はきょう初めてその伝説を聞いたのか、あるいはかねて聞いていたので、きょうはその探険を実行しようと思い立ったのか。幸いに今日は空も晴れている、そよとの風もない。まことに穏かな日和《ひより》であるから、水練の者を淵の底にくぐらせて、果して世にいうがごとく鐘が沈んでいるかどうかを詮議させろという命令を下したのであった。

大勢のなかから選み出されたのは三人の名誉であるといってよい。しかし普通の水練とは違って、この命令には三人もすこしく躊躇した。かの鐘はむかしから引揚げを企てた者もあったが、それがいつも成功しないのは水神が惜しませたまう故であると伝えられている。また、その鐘の下には淵の主《ぬし》が棲んでいるとも伝えられている。支那の越王《えつおう》潭《たん》には青い牛が棲み、亀山の淵には青い猿が沈んでいるという、そうした奇怪な伝説も思いあわされて、三人もなんだか気味悪く感じたが、将軍家の上意とあれば、辞退すべきようはない。火の中でも水の底でも猶予なく飛び込まなければならない。こう覚悟すると、かれらもさすがに武士である。それにはまた一種の冒険的興味も加わって、三人はまず山下にむかってお請けの旨を答えた。

組頭もそばから注意した。

「大事の御用だ。一生懸命に仕《つかま》つれ。」

「かしこまりました。」

三人は勇ましく答えた。山下のあとに付いて行くと、将軍も野懸け装束で、芝生のなかの茶屋に腰をかけていた。あたりには、今を盛りのつつじの花が真っ紅に咲きみだれていた。将軍の口からも山下が今いったのと同じ意味の命令が直きじきに伝えられた。

ここで正式にお請けの口上をのべて、三人は再び木母寺へ引っ返して来た。それぞれに身支度をするためである。なにしろ珍らしい御用であるので、組頭も心配していろいろの世話をやいた。朋輩たちも寄りあつまって手伝った。そこで問題になったのは、三人が同時に水をくぐるか、それとも一人ずつ順々にはいるかということであった。

二

誰がまず第一に鐘ケ淵の秘密を探るかということが面倒な問題である。三人が同時にくぐるのは拙《つたな》い。どうしても順々に潜り入るのでなければいけないと決まったのであるが、その順番をきめるのがすこぶるむずかしくなった。第一番に飛び込むものは戦場の先陣とおなじことで、危険が伴う代りに功名にもなる。したがって、この場合にも一種の先陣争いが起って来た。

組頭もこの処分には困ったが、そんな争いに時刻を移しては上《かみ》の御機嫌もいかがというので、結局めいめいの年の順で先後をきめることにして、三上治太郎は廿五歳であるから第一番、その次は廿二歳の大原右之助で、廿歳の福井文吾が最後に廻された。年の順とあれば議論の仕様もないので三人もおとなしく承知した。

いよいよ準備が出来たので、将軍吉宗は堤の上に床几を据えさせて見物する。お供の面々も固唾《かたず》をのんで水の上を睨んでいる。今と違ってその頃の堤は低く、川上遠く落ちてくる隅田川の流れはここに深い淵をなして、淀んだ水は青黒い渦をまいている。むかしから種々の伝説が伴っているだけに、なにさまこの深い淵の底には何かの秘密が潜んでいるらしく思われて、言い知れない悽愴《せいそう》の気が諸人の胸に冷たく沁み渡った。

きょうは川御成《かわおなり》であるから、どういうことで水にはいる場合がないとも限らないので、御徒士の者はみなそれだけの用意をしていた。択《えら》み出された三人は稽古着のような筒袖の肌着一枚になって、刀を背負って、額には白布の鉢巻をして、草の青い堤下に小膝をついて控えていると、近習頭の三右衛門が扇をあげる。それを合図に、第一番の三上治太郎は鮎を狙う鵜《う》のようにさっと水に飛び込むと、淀んだ水はさらに大きい渦をまいて、吸い込むように彼を引入れてしまった。

人々は息をころして見つめていると、しばらくして三上は浮きあがって来た。かれは濡れた顔を拭きもしないで報告した。

「淵の底には何物も見あたりませぬ。」

「なにも無いか。」と、近習頭は念を押した。

「はあ。」

なにも無いとあっては、つづいて飛び込むのは無用のようでもあったが、すでに択まれている以上は、かの二人もその役目を果さなければならないので、第二番の大原が入れ代って水をくぐることになった。

晴れた日には堤の上から淵の底までも透いて見えると言い伝えられているが、きょうは一天ぬぐうがごとくに晴れわたって、初夏の真昼の日光がまばゆいばかりにきらきらと水を射ているにもかかわらず、少しく水をくぐって行くと、あたりは思いのほかに暗く濁っていたが、水練に十分の自信のある大原は血気の勇も伴って、志度の浦の海女《あま》のように恐れげもなく沈んで行った。沈むにつれて周囲はますます暗くなる。一種の藻のような水草が手足にからむように思われるのを掻きのけながら、深く深くくだって行くと、暗い藻のなかに何か光るものが見えた。

それが何者かの眼であることを悟ったときに、大原の胸は跳《おど》った。かれは念のために背なかの刀を一度探ってみて、さらにその光る物のそばへ潜りよると、それは大きい魚の眼であった。なおその正体を見届けようとして近づくと、魚はたちまちに牡丹のような紅い大きい口をあいて正面から大原にむかって来た。それは淵の主《ぬし》ともいうべき鯉か鱸《すずき》のたぐいであろうと思ったので、かれは一刀に刺し殺そうとしたが、また考えた。その正体はなんであろうとも、しょせんは一尾《ぴき》の魚である。手にあまって刺し殺したとあっては、きょうの手柄にならない。かの金時が鯉を抱いたように生捕《いけど》りにして上覧に入れようと、かれは水中に身をかわして、かの魚を横抱きにかかると、敵も身を斜めにして跳ねのけた。その途端に、鰭《ひれ》で撲《う》たれたのか、尾で殴られたのか、大原は脾腹《ひばら》を強く打たれて、ほとんど気が遠くなるかと思う間に、魚は素早く水をくぐって藻の深いなかへ姿を隠してしまった。気がついて追おうとすると、そこらの水草は、いよいよ深くなって、名も知れない長い藻は無数の水蛇か蛸のように彼の手足にからみ付いてくるので、大原もほとほと持て余した。

彼はよんどころなしに背なかの刀をぬいて、手あたり次第に切り払ったが、果てしもなく流れつき絡み付く藻のたぐいを彼はどうすることも出来なかった。大原は蜘蛛の巣にかかった蝶のようにいたずらにもがき廻っているうちに、暗い底には大きい波が湧きあがって、無数の藻のたぐいはあたかも生きている物のように一度にそよいで動き出した。そのありさまをみて、大原はおそろしくなった。彼はもうなんの考えもなしに早々に泳いで浮きあがった。

大原は堤へ帰って自分の見たままを正直に申立てた。しかし唯おそろしくなって逃げ帰ったとは言われないので、かれは大きい魚と闘いながら、淵の底をくまなく見廻ったが、なにぶんにも鐘らしいものは見当らなかったと報告した。三上も大原も目的の鐘を発見しなかったは同様であるが、大原の方にはいろいろの冒険談があっただけに諸人の興味をひいた。かれの報告のいつわりでないのは、その左の脾腹に大きい紫の痣《あざ》を残しているのを見ても知られた。

つづいて第三番の福井文吾が水をくぐった。彼はやがて浮きあがって来て、こういう報告をした。

「淵の底には鐘が沈んでおります。一面の水草が取付いてそよいでおりますので、その大きさは確かに判りませぬが、鐘は横さまに倒れているらしく、薄暗いなかに龍頭《りゅうず》が光っておりました。」

かれは第一の殊勲者で、沈める鐘を明らかに見とどけたのである。将軍からも特別に賞美のことばを下された。

「文吾、大儀であった。その鐘を水の底に埋めておくのは無益じゃ。いずれ改めて引揚げさするであろう。」

鐘を引揚げるには相当の準備がいる。とても今すぐという訳にいかないことは誰も知っているので、いずれ改めてという沙汰だけで、将軍はもとの芝生の茶屋へ戻った。御徒士の者共も木母寺の休息所へ引っ返して、かの三人は組頭からも今日の骨折りを褒められたが、そのなかでも福井が最も面目をほどこした。公方家《くぼうけ》から特別に御賞美のおことばを下されたのは徒士組の名誉であると、組頭も喜んだ。他の者共も羨んだ。

喜ぶとか羨むとかいうほかに、それが大勢の好奇心をそそったので、福井のまわりを幾重にも取りまいて、みな口々に種々の質問を浴びせかけた。鐘の沈んでいた位置、鐘の形、その周囲の状況などを、いずれもくわしく聞こうとした。福井がこうして持囃《もてはや》されるにつけて、ここに手持無沙汰の人間がふたり出来た。それは三上治太郎と大原右之助でなければならない。この二人は鐘を認めないと報告したのに、最後に行って、しかも最も年のわかい福井文吾がそれを見いだしたというのであるから、かれらはどうしても器量を下げたことになる。ことに一番の年上でもあり、家柄も上であるところの三上は、若輩の福井に対してまことに面目ない男になったのである。

三上は大原を葉桜の木かげへ招いで、小声で言い出した。

「福井はほんとうに鐘を見付けたのだろうか。」

「さあ。」と、大原も首をひねった。かれも実は半信半疑であった。しかし自分は大きい魚に襲われ、さらにおそろしい藻におびやかされて、淵の底の隅々までも残らず見届けて来なかったのであるから、もしも一段の勇気を振るって、底の底まで根よく猟《あさ》り尽くしたらば、あるいは福井と同じようにその鐘の本体を見付けることが出来たのかも知れない。それを思うと、かれは一途《いちず》に福井をうたがうわけには行かなかったが、実際その鐘がどこかに横たわっていたならば、自分の眼にもはいりそうなものであったという気もするので、今や三上の問いに対して、かれは右とも左とも確かな返事をあたえることが出来なかった。

「どうもおかしいではないか。貴公にも見えない、おれにも見えないという鐘が、どうして福井の眼にだけ見えたのだろう。」と、三上は又ささやいた。「あいつ年が若いので、うろたえて何かを見違えたのではあるまいか。藻のなかに龍頭が光っていたなどというが、あいつも貴公とおなじように魚の眼の光るのでも見たのではないかな。」

そういえばそう疑われないこともない。大原はうなずいたままでまた考えていると、三上はつづけて言った。

「さもなければ、大きい亀でも這っていたのではないか。亀も年経る奴になると、甲に一面の苔や藻が付いている。うす暗いなかで、その頭を龍頭と見ちがえるのはありそうなことだぞ。」

まったくありそうなことだと大原も思った。彼はにわかに溜息をついた。

「もしそうだと大変だな。」

「大変だよ。」と、三上も顔をしかめた。

ありもしない鐘をあると申立てて、いざ引揚げという時にそのいつわりが発覚したら、福井の身の上はどうなるか。将軍家から特別の御賞美をたまわっているだけに、かれの責任はいよいよ重いことになって、軽くても蟄居《ちっきょ》閉門、あるいは切腹――将軍家からはさすがに切腹しろとは申渡すまいが、当人自身が申訳の切腹という羽目にならないとも限らない。当人は身のあやまりで是非ないとしても、それから惹いて組頭の難儀、組じゆうの不面目、世間の物笑い、これは実に大変であると大原は再び溜息をついた。

三

三上のいう通り、もしも福井文吾が軽率の報告をしたのであるとすれば、本人の落度ばかりでなく、ひいては組じゅうの面目にもかかわることになる。しかし自分たちの口から迂闊《うかつ》にそれを言い出すと、なんだか福井の手柄をそねむように思われるのも残念であると、大原は考えた。かれは当座の思案に迷って、しばらく躊躇していると、三上は催促するようにまた言った。

「どう考えても、このままに打っちゃっては置かれまい。これから二人で組頭のところへ行って話そうではないか。」

「むむ。」と、大原はまだ生返事《なま》をしていた。

沈んでいる鐘を福井が確かに見届けたと将軍の前で一旦申立ててしまった以上、今となってはもう取返しの付かないことで、実をいえば五十歩百歩である。いよいよその鐘を引揚げにとりかかってから、かれの報告のいつわりであったことが発覚するよりも、今のうちに早くそれを取消した方が幾分か罪は軽いようにも思われるが、それでかれの失策がいっさい帳消しになるという訳には行かない。どの道、かれはその罪をひき受けて相当の制裁をうけなければならない。まかり間違えば、やはり腹切り仕事である。こう煎じつめてくると、福井の制裁と組じゅうの不面目とはしょせん逃がれ難い羽目に陥っているので、今さら騒ぎ立てたところでどうにもならないようにも思われた。

大原はその意見を述べて、三上の再考を求めたが、彼はどうしても肯《き》かなかった。

「たとい五十歩百歩でも、それを知りつつ黙っているのはいよいよ上《かみ》をあざむくことになる。貴公が不同意というならば、拙者ひとりで申立てる。」

そう言われると、大原ももう躊躇してはいられなくなった。結局ふたりは組頭を小蔭に呼んで、三上の口からそれを言い出すと、組頭の顔色はにわかに曇った。勿論、かれも早速にその真偽を判断することは出来なかったが、万一それが福井の失策であった場合にはどうするかという心配が、かれの胸を重くおしつけたのである。

「では、福井を呼んでよく詮議してみよう。」

彼としては差しあたりそのほかに方法もないので、すぐに福井をそこへ呼び付けて、貴公は確かにその鐘というのを見届けたのかと重ねて詮議することになった。福井はたしかに見届けましたと答えた。

「万一の見損じがあると、貴公ばかりでなく、組じゅう一統の難儀にもなる。貴公たしかに相違ないな。」と、組頭は繰返して念を押した。

「深い淵の底にはいろいろのものが棲んでいる。よもや大きい魚や亀などを見あやまったのではあるまいな。」

「いえ、相違ございませぬ。」

いくたび念を押しても、福井の返答は変らなかった。彼はあくまでも相違ござらぬを押し通しているのである。こうなると、組頭もその上には何とも詮議の仕様もないので、少しくあとの方に引退《ひきさが》っている三上と大原とを呼び近づけた。

「福井はどうしても見届けたというのだ、貴公等はたしかに見なかったのだな。」

「相違ございませぬ。」

「なんにも見ません。」と、三上ははっきりと答えた。

「わたくしは大きい魚に出逢いました。大きい藻にからまれました。しかし鐘らしいものは眼に入りませんでした。」と、大原も正直に答えた。

それはかれらが将軍の前で申立てたと同じことであった。三人が三人、最初の申口をちっとも変えようとはしない。又それを変えないのが当然でもあるので、組頭はいよいよその判断に迷った。ただ幾分の疑念は、年上の三上と大原とが揃いも揃って見なかったというものを、最も年のわかい福井ひとりが見届けたと主張することであるが、唯それだけのことで福井の申立てを一途に否認するわけには行かないので、この上は自然の成行きに任せるよりほかはないと組頭も決心したらしく、詮議は結局うやむやに終った。

　組頭が立去ったあとで、三上は福井に言った。

「組頭の前でそんなに強情を張って、貴公たしかに見たのか。」

「公方家の前で一旦見たと申立てたものを、誰の前でも変改《へんかい》が出来るものか。」と、福井は言った。

「一旦はそう申立てても、あとで何かの疑いが起ったようならば、今のうちに正直に言い直した方がいい。なまじいに強情を張り通すと、かえって貴公のためになるまいぞ。」と、三上は注意するように言った。

　それが年長者の親切であるのか、あるいは福井に対する一種のそねみから出ているのか、それは大原にもよく判らなかったが、相手の福井はそれを後者と認めたらしく、やや尖ったような声で答えた。

「いや、見たものは見たというよりほかはない。」

「そうか。」と、三上は考えていた。

　そんなことに時を移しているうちに、浅草寺《せんそうじ》のゆう七つの鐘が水にひびいて、将軍お立ちの時刻となったので、近習頭から供揃えを触れ出された。三上も大原も福井も、他の人々と一緒にお供をして帰った。

きょうの役目をすませて、大原が下谷御徒町の組屋敷へ帰った時には、このごろの長い日ももう暮れ切っていた。風呂へはいって汗をながして、まずひと息つくと、左の脾腹から胸へかけて俄かに強く痛み出した。鯉か鱸か知れない魚に撲たれた痕が先刻からときどきに痛むのを、お供先では我慢していたのであるが、家へ帰って気がゆるんだせいか、この時いっそう強く痛んで来て、熱もすこし出たらしいので、かれは夕飯も食わずに寝床に転げ込んでしまった。家内のものは心配して医者を呼ぼうかと言ったが、あしたになれば癒るであろうとそのままにして寝ていると、その枕もとへ三上治太郎がたずねて来た。

「福井の奴が鐘を見たというのがどうも腑に落ちない。これから出直して行って、もう一度探ってみようと思うが、どうだ。」

彼はこれから鐘ケ淵へ引っ返して行って、その実否をたしかめるために、ふたたび淵の底にくぐり入ろうというのであった。大原はそんなことをするには及ばないといって再三止めた。またどうしてもそれを実行するとしても、なにも今夜にかぎったことではない。昼でさえも薄暗い淵の底に夜中くぐり入るのは、不便でもあり、危険でもある。天気のいい日を見定めて、白昼のことにしたらよかろうと注意したが、三上はそれが気になってならないから、どうしても今夜を過されないと言い張った。

「おれの見損じか、福井の見あやまりか。あるものか、ないものか。もう一度確かめて来なければ、どうしても気が済まない。貴公、この体では一緒に出られないか。」

「からだは痛む、熱は出る。しょせん今夜は一緒に行かれない。」と、大原は断った。

「では、おれひとりで行って来る。」

「どうしても今夜行くのか。」

「むむ、どうしても行く。」

　三上は強情に出て行った。

　その夜半《よなか》から大原の熱がいよいよ高くなって、ときどきに譫言《うわごと》をいうようにもなったので、家内の者も捨て置かれないので医者を呼んで来た。病人は熱の高いばかりでなく、紅とむらさきとの腫れあがった胸と脾腹が火傷《やけど》をしたように痛んで苦しんだ。それから三日ほどを夢うつつに暮らしているうちに、幸いにも熱もだんだんに下がって来て、からだの痛みも少し薄らいだ。五、六日の後にはようやく正気にかえって、寝床の上で粥《かゆ》ぐらいをすすれるようになった。

　家内のものは病人に秘していたが、大原はおいおい快方にむかうにつれて、かの鐘ケ淵の水中に意外の椿事《ちんじ》が出来《しゅったい》していたことを洩れ聞いた。三上はその夜帰って来ないので、家内の者も案じていると、あくる朝になってその亡骸《なきがら》が鐘ケ淵に発見された。彼はきのうと同じように半裸体のすがたで刀を背負って、ひとりの若い男と引っ組んで浮かんだままでいた。組み合っている男は福井文吾で、これも同じこしらえで刀を背負っていた。福井も無論死んでいた。

福井の家の者の話によると、彼はお供をすませて一旦わが家へ帰って来たが、夕飯を食ってしまうとまたふらりと何処へか出て行った。近所の友達のところへでも遊びに行ったのかと思っていると、これもそのまま帰らないで、冷たい亡骸を鐘ケ淵に浮かべていたのであった。

三上が鐘ケ淵へ行った子細は、大原ひとりが知っているだけで、余人には判らなかった。福井がどうして行ったのかは、大原にも判らなかった。他にもその子細を知っている者はないらしかった。しかし三上と福井の身ごしらえから推量すると、かれらは昼間の探険を再びするつもりで水底にくぐり入ったものらしく思われた。三上は自分の眼に見えなかった鐘の有無をたしかめるために再び夜を冒してそこへ忍んで行ったのであるが、福井はなんの目的で出直して行ったのか、その子細は誰にも容易に想像が付かなかった。あるいは一旦確かに見届けたと申立てながらも、あとで考えると何だか不安になって来たので、もう一度それを確かめるために、彼も夜中ひそかに出直して行ったのではあるまいかというのである。

もし果してそうであるとすると、三上と福井とがあたかもそこで落合ったことになる。ふたりが期せずして落合って、それからどうしたのか。昼間の行きがかりから考えると、かれらはおそらく鐘の有無について言い争ったであろう。そうして論より証拠ということになって、二人が同時に淵の底へ沈んだのかも知れない――と、ここまでの筋道はまずどうにかたどって行かれるのであるが、それから先の判断がすこぶるむずかしい。その解釈は二様にわかれて、ある者は果して鐘があったためだといい、ある者は鐘がなかったためだというので、どちらにも相当の理屈がある。

前者は、果して鐘のあることが判ったために、三上は福井の手柄を妬んで、かれを水中で殺そうと企てたのであろうという。後者は、鐘のないことがいよいよ確かめられたために、福井は面目をうしなった。自分は粗忽《そこつ》の申訳に切腹しなければならない。しょせん死ぬならば、口論の相手の三上を殺して死のうと計ったのであろうという。ふたりの死因は大方そこらであるらしく、水練に達している彼らが互いに押し沈めようとして水中に闘い疲れ、ついに組み合ったままで息が絶えたものらしい。しかも肝腎の問題は未解決で、鐘があったために二人が死んだのか、鐘がなかったために二人が死んだのか、その疑問は依然として取残されていた。

大原はひと月ばかりの後に、ようやく元のからだになると、同役の或る者は彼にささやいた。

「それでも貴公は運がよかったのだ。三上と福井が死んだのは水神の祟りに相違ない。それが上のお耳にも聞えたので、鐘の引揚げはお沙汰止みになったそうだ。」

英邁《えいまい》のきこえある八代将軍吉宗が果して水神の祟りを恐れたかどうかは知らないが、鐘ケ淵の引揚げがその後沙汰やみになったのは事実であった。大原家の記録には、「上にも深き思召のおわしまし候儀にや」云々《うんぬん》と書いてある。

指輪《ゆびわ》一《ひと》つ

一

「あのときは実に驚きました。もちろん、僕ばかりではない、誰だって驚いたに相違ありませんけれど、僕などはその中でもいっそう強いショックを受けた一人で、一時はまったくぼうとしてしまいました。」と、K君は言った。座中では最も年の若い私立大学生で、大正十二年の震災当時は飛騨の高山にいたというのである。

あの年の夏は友人ふたりと三人づれで京都へ遊びに行って、それから大津のあたりにぶらぶらしていて、八月の二十日《はつか》過ぎに東京へ帰ることになったのです。それから真っ直ぐに帰ってくればよかったのですが、僕は大津にいるあいだに飛騨へ行った人の話を聞かされて、なんだか一種の仙境のような飛騨というところへ一度は踏み込んでみたいような気になって、帰りの途中でそのことを言い出したのですが、ふたりの友人は同意しない。自分ひとりで出かけて行くのも何だか寂しいようにも思われたので、僕も一旦は躊躇したのですが、やっぱり行ってみたいという料簡《りようけん》が勝を占めたので、とうとう岐阜で道連れに別れて、一騎駈けて飛騨の高山まで踏み込みました。その道中にも多少のお話がありますが、そんなことを言っていると長くなりますから、途中の話はいっさい抜きにして、手っ取り早く本題に入ることにしましょう。

僕が震災の報知を初めて聞いたのは、高山に着いてからちょうど一週間目だとおぼえています。僕の宿屋に泊まっていた客は、ほかに四組ありまして、どれも関東方面の人ではないのですが、それでも東京の大震災だというと、みな顔の色を変えておどろきました。町じゅうも引っくり返るような騒ぎです。飛騨の高山——ここらは東京とそれほど密接の関係もなさそうに思っていましたが、実地を踏んでみるとなかなかそうでない。ここらからも関東方面に出ている人がたくさんあるそうで、甲の家からは息子が出ている、乙の家からは娘が嫁に行っている。やれ、叔父がいる、叔母がいる、兄弟がいるというようなわけで、役場へ聞き合せに行く。警察へ駈け付ける。新聞社の前にあつまる。その周章と混乱はまったく予想以上でした。おそらく何処の土地でもそうであったでしょう。

なにぶんにも交通不便の土地ですから、詳細のことが早く判らないので、町の青年団は岐阜まで出張して、刻々に新しい報告をもたらしてくる。こうして五、六日を過ぎるうちにまず大体の事情も判りました。それを待ちかねて町から続々上京する者がある。僕もどうしようかと考えたのですが、御承知の通り僕の郷里は中国で今度の震災にはほとんど無関係です。東京に親戚が二軒ありますが、いずれも山の手の郊外に住んでいるので、さしたる被害もないようです。してみると、何もそう急ぐにも及ばない。その上に自分はひどく疲労している。なにしろ震災の報知をきいて以来六日ばかりのあいだはほとんど一睡もしない、食い物も旨くない。東京の大部分が一朝にして灰燼《かいじん》に帰したかと思うと、ただむやみに神経が興奮して、まったく居ても立ってもいられないので、町の人たちと一緒になって毎日そこらを駈け廻っていた。その疲労が一度に打って出たとみえて、急にがっかりしてしまったのです。大体の模様もわかって、まず少しはおちついた訳ですけれども、夜はやっぱり眠られない。食慾も進まない。要するに一種の神経衰弱にかかったらしいのです。ついては、この矢さきに早々帰京して、震災直後の惨状を目撃するのは、いよいよ神経を傷つけるおそれがあるので、もう少しここに踏みとどまって、世間もやや静まり、自分の気も静まった頃に帰京する方が無事であろうと思ったので、無理におちついて九月のなかば頃まで飛驒の秋風に吹かれていたのでした。

しかしどうも本当に落ち着いてはいられない。震災の実情がだんだんに詳しく判れば判るほど、神経が苛立ってくる。もう我慢が出来なくなったので、とうとう思い切って九月の十七日にここを発つことにしました。飛騨から東京へのぼるには、北陸線か、東海道線か、二つにひとつです。僕は東海道線を取ることにして、元来た道を引っ返して岐阜へ出ました。そうして、ともかくも汽車に乗ったのですが、なにしろ関西方面から満員の客を乗せてくるのですから、その混雑は大変、とてもお話にもならない始末で、富山から北陸線を取らなかったことを今更悔んでも追っ付かない。別に荷物らしい物も持っていなかったのですが、からだ一つの置きどころにも困って、今にも圧《お》し潰《つぶ》されるかと思うような苦しみを忍びながら、どうやら名古屋まで運ばれて来ましたが、神奈川県にはまだ徒歩連絡のところがあるとかいうことを聞いたので、さらに方角をかえて、名古屋から中央線に乗ることにしました。さて、これからがお話です。

「ひどい混雑ですな。からだが煎餅のように潰されてしまいます。」

僕のとなりに立っている男が話しかけたのです。この人も名古屋から一緒に乗換えて来たらしい。煎餅のように潰されるとは本当のことで、僕もさっきからそう思っていたところでした。どうにかこうにか車内にはもぐり込んだものの、ぎっしりと押し詰められたままで突っ立っているのです。おまけに残暑が強いので、汗の匂いやら人いきれやらで眼が眩《くら》みそうになってくる。僕は少し気が遠くなったような形で、周囲の人たちが何かがやがやしゃべっているのも、半分は夢のように聞いていたのですが、この人の声だけははっきりと耳にひびいて、僕もすぐに答えました。

「まったく大変です。実にやり切れません。」

「あなたは震災後、はじめてお乗りになったんですか。」

「そうです。」

「それでも上りはまだ楽です。」と、その男は言いました。「このあいだの下りの時は実に怖ろしいくらいでした。」

その男は単衣《ひとえもの》を腰にまき付けて、ちぢみの半シャツ一枚になって、足にはゲートルを巻いて足袋はだしになっている。その身ごしらえといい、その口ぶりによって察すると、震災後に東京からどこへか一旦立退《たちの》いて、ふたたび引っ返して来たらしいのです。

僕はすぐに訊きました。

「あなたは東京ですか。」

「本所です。」

「ああ。」と、僕は思わず叫びました。東京のうちでも本所の被害が最もはなはだしく、被服廠《しょう》跡だけでも何万人も焼死したというのを知っていたので、本所と聞いただけでもぞっとしたのです。

「じゃあ、お焼けになったのですね。」と、僕はかさねて訊きました。

「焼けたにもなんにも型なしです。店や商品なんぞはどうでもいい。この場合、そんなことをぐずぐず言っちゃあいられませんけれど、職人が四人と女房と娘ふたり、女中がひとり、あわせて八人が型なしになってしまったんで、どうも驚いているんですよ。」

僕ばかりでなく、周囲の人たちも一度にその男の顔を見ました。車内に押合っている乗客はみな直接間接に今度の震災に関係のある人たちばかりですから、本所と聞き、さらにその男の話をきいて、かれに注意と同情の眼をあつめたのも無理はありません。そのうちの一人――手拭地の浴衣の筒袖をきている男が、横合いからその男に話しかけました。

「あなたは本所ですか。わたしは深川です。家財はもちろん型なしで、塵《ちり》一っ葉残りませんけれど、それでも家の者五人は命からがら逃げまわって、まあみんな無事でした。あなたのところでは八人、それがみんな行くえ不明なんですか。」

「そうですよ。」と、本所の男はうなずいた。「なにしろその当時、わたしは伊香保へ行っていましてね。ちょうど朔日《ついたち》の朝に向うを発って来ると、途中であのぐらぐらに出っ食わしたという一件で。仕方がなしに赤羽から歩いて帰ると、あの通りの始末で何がどうなったのかちっとも判りません。牛込の方に親類があるので、多分そこだろうと思って行ってみると、誰も来ていない。それから方々を駈け廻って心あたりを探しあるいたんですが、どこにも一人も来ていない。その後二日たち、三日たっても、どこからも一人も出て来ない。大津に親類があるので、もしやそこへ行っているのではないかと思って、八日の朝東京を発って、苦しい目をして大津へ行ってみると、ここにも誰もいない。では、大阪へ行ったかとまた追っかけて行くと、ここにも来ていない。仕方がないので、また引っ返して東京へ帰るんですが、今まで何処へも沙汰のないのをみると、もう諦めものかも知れませんよ。」

大勢の手前もあるせいか、それとも本当にあきらめているのか、男は案外にさっぱりした顔をしていましたが、僕は実にたまらなくなりました。殊にこのごろは著るしく感傷的の気持になっているので、相手が平気でいればいるほど、僕の方がかえって一層悲しくなりました。

二

今までは単に本所の男といっていましたが、それからだんだんに話し合ってみると、その男は西田といって、僕にはよく判りませんけれど、店の商売は絞染屋《しぼりぞめや》だとかいうことで、まず相当に暮らしていたらしいのです。年のころは四十五六で、あの当時のことですから顔は日に焼けて真っ黒でしたが、からだの大きい、元気のいい、見るから丈夫そうな男で、骨太の腕には金側の腕時計などを嵌《は》めていました。細君は四十一で、総領のむすめは十九で、次のむすめは十六だということでした。

「これも運で仕方がありませんよ。家《うち》の者ばかりが死んだわけじゃあない、東京じゅうで何万人という人間が一度に死んだんですから、世間一統のことで愚痴も言えませんよ。」

人の手前ばかりでなく、西田という人はまったく諦めているようです。勿論、ほんとうに悟ったとか諦めたとかいうのではない。絶望から生み出されたよんどころない諦めには相違ないのですが、なにしろ愚痴ひとつ言わないで、ひどく思い切りのいいような様子で、元気よくいろいろのことを話していました。ことに僕にむかって余計に話しかけるのです。隣りに立っているせいか、それとも何となく気に入ったのか、前からの馴染みであるように打解けて話すのです。僕もこの不幸な人の話し相手になって、幾分でもかれを慰めてやるのが当然の義務であるかのようにも思われたので、無口ながらも努めてその相手になっていたのでした。そのうちに西田さんは僕の顔をのぞいて言いました。

「あなた、どうかしやしませんか。なんだか顔の色がだんだんに悪くなるようだが……。」

実際、僕は気分がよくなかったのです。高山以来、毎晩碌々に安眠しない上に、列車のなかに立往生をしたままで、すし詰めになって揺すられて来る。暑さは暑し、人いきれはする。まったく地獄の苦しみを続けて来たのですから、軽い脳貧血をおこしたらしく、頭が痛む、嘔気《はきけ》を催してくる。この際どうすることも出来ないので、さっきから我慢をしていたのですが、それがだんだんに激しくなって来て、蒼ざめた顔の色が西田さんの眼にも付いたのでしょう。僕も正直にその話をすると、西田さんもひどく心配してくれて、途中の駅々に土地の青年団などが出張していると、それから薬をもらって僕に飲ませてくれたりしました。

そのころの汽車の時間は不定でしたし、乗客も無我夢中で運ばれて行くのでしたが、午後に名古屋を出た列車が木曾路へ入る頃にはもう暮れかかっていました。僕はまた苦しくなって、頭ががんがん痛んで来ます。これで押して行ったらば、途中でぶっ倒れるかも知れない。それも短い時間ならば格別ですが、これから東京まではどうしても十時間ぐらいはかかると思うと、僕にはもう我慢が出来なくなったのです。そこで、思い切って途中の駅で下車しようと言い出すと、西田さんはいよいよ心配そうにいいました。

「それは困りましたね。汽車のなかでぶっ倒れでもしては大変だから、いっそ降りた方がいいでしょう。わたしも御一緒に降りましょう。」

「いいえ、決してそれには……。」

僕は堅くことわりました。なんの関係もない僕の病気のために、西田という人の帰京をおくらせては、この場合、まったく済まないことだと思いましたから、僕は幾度もことわって出ようとすると、脳貧血はますます強くなって来たとみえて、足もとがふらふらするのです。

「それ、ご覧なさい。あなた一人じゃあとてもむずかしい。」

西田さんは、僕を介抱して、ぎっしりに押詰まっている乗客をかき分けて、どうやらこうやら車外へ連れ出してくれました。気の毒だとは思いながら、僕はもう口を利く元気もなくなって、相手のするままに任せておくよりほかはなかったのです。そのときは夢中でしたが、それが奈良井《ならい》の駅であるということを後に知りました。ここらで降りる人はほとんどなかったようでしたが、それでも青年団が出ていて、いろいろの世話をやいていました。

僕はただぼんやりしていましたから、西田さんがどういう交渉をしたのか知りませんが、やがて土地の人に案内されて、町なかの古い大きい宿屋のような家へ送り込まれました。汗だらけの洋服をぬいで浴衣に着かえさせられて、奥の方の座敷に寝かされて、僕は何かの薬をのまされて、しばらくはうとうとと眠ってしまいました。

眼がさめると、もうすっかりと夜になっていました。縁側の雨戸は明け放してあって、その縁側に近いところに西田さんはあぐらをかいて、ひとりで巻煙草をすっていました。僕が眼をあいたのを見て、西田さんは声をかけました。

「どうです。気分はようござんすか。」

「はあ。」

落ち着いてひと寝入りしたせいか、僕の頭はよほど軽くなったようです。起き直ってもう眩暈《めまい》がするようなことはない。枕もとに小さい湯沸しとコップが置いてあるので、その水をついで一杯のむと、木曾の水は冷たい、気分は急にはっきりして来ました。

「どうもいろいろ御迷惑をかけて相済みません。」と、僕はあらためて礼を言いました。

「なに、お互いさまですよ。」

「それでも、あなたはお急ぎのところを……。」

「こうなったら一日半日を争っても仕様がありませんよ。助かったものならば何処かに助かっている。死んだものならばとうに死んでいる。どっちにしても急ぐことはありませんよ。」と、西田さんは相変らず落ちついていました。

そうはいっても、自分の留守のあいだに家族も財産もみな消え失せてしまって、何がどうしたのかいっさい判らないという不幸の境涯に沈んでいる人の心持を思いやると、僕の頭はまた重くなって来ました。

「あなた気分がよければ、風呂へはいって来ちゃあどうです。」と、西田さんは言いました。「汗を流してくると、気分がいよいよはっきりしますぜ。」

「しかしもう遅いでしょう。」

「なに、まだ十時前ですよ。風呂があるかないか、ちょいと行って聞いて来てあげましょう。」

西田さんはすぐに立って表の方へ出て行きました。僕はもう一杯の水をのんで、初めてあたりを見まわすと、ここは奥の下屋敷で十畳の間らしい。庭には小さい流れが引いてあって、水のきわには芒《すすき》が高く茂っている。なんという鳥か知りませんが、どこかで遠く鳴く声が時々に寂しくきこえる。眼の前には高い山の影が真っ黒にそそり立って、澄み切った空には大きい星が銀色にきらめいている。飛騨と木曾と、僕はかさねて山国の秋を見たわけですが、場合が場合だけに、今夜の山の景色の方がなんとなく僕のこころを強くひきしめるように感じられました。

「あしたもまたあの汽車に乗るのかな。」

僕はそれを思ってうんざりしていると、そこへ西田さんが足早に帰って来ました。

「風呂はまだあるそうです。早く行っていらっしゃい。」

催促するように追い立てられて、僕もタオルを持って出て、西田さんに教えられた通りに、縁側から廊下づたいに風呂場へ行きました。

三

なんといっても木曾の宿《しゅく》です。殊に中央線の汽車が開通してからは、ここらの宿もさびれたということを聞いていましたが、まったく夜は静かです。ここの家もむかしは大きい宿屋であったらしいのですが、今は養蚕か何かを本業にして、宿屋は片商売という風らしいので、今夜もわたし達のほかには泊まり客もないようでした。店の方では、まだ起きているのでしょうが、なんの物音もきこえず森閑《しんかん》としていました。

家の構えはなかなか大きいので、風呂場はずっと奥の方にあります。長い廊下を渡って行くと、横手の方には夜露のひかる畑がみえて、虫の声がきれぎれに聞える。昼間の汽車の中とは違って、ここらの夜風は冷々《ひやひや》と肌にしみるようです。こういう時に油断すると風邪をひくと思いながら、僕は足を早めて行くと、眼の前に眠ったような灯のひかりが見える。それが風呂場だなと思った時に、ひとりの女が戸をあけてはいって行くのでした。うす暗いところで、そのうしろ姿を見ただけですから、もちろん詳しいことは判りませんが、どうも若い女であるらしいのです。

それを見て僕は立ちどまりました。どうで宿屋の風呂であるから、男湯と女湯の区別があろうはずはない。泊まり客か宿の人か知らないが、いずれにしても婦人——ことに若い婦人が夜ふけて入浴しているところへ、僕のような若い男が無遠慮に闖入《ちんにゅう》するのは差控えなければなるまい。——こう思って少し考えていると、どこかで人のすすり泣きをするような声がきこえる。水の流れの音かとも思ったのですが、どうもそれが女の声らしく、しかも風呂場の中から洩れてくるらしいので、僕もすこし不安を感じて、そっと抜足《ぬきあし》をして近寄って、入口の戸の隙まからうかがうと、内は静まり返っているらしい。たった今、ひとりの女が確かにここへはいったはずなのに、なんの物音もきこえないというのはいよいよおかしいと思って、入口の戸を少し明け、またすこし明けて覗いてみると、薄暗い風呂場のなかには誰もいる様子はないのです。

「はてな。」

思い切って戸をがらりと明けてはいると、なかには誰もいないのです。なんだか薄気味悪くもなったのですが、ここまで来た以上、つまらないことをいって唯このままに引っ返すのは、西田さんの手前、あまり臆病者のようにもみえて極まりが悪い。どうなるものかと度胸を据えて、僕は手早く浴衣をぬいで、勇気を振るって風呂場にはいりましたが、かの女の影も形もみえないのです。

「おれはよほど頭が悪くなったな。」

風呂に心持よく浸りながら僕は自分の頭の悪くなったことを感じたのです。震災以来、どうも頭の調子が狂っている。神経も衰弱している。それがために一種の幻覚を視たのである。その幻覚が若い女の形をみせたのは、西田さんの娘ふたりのことが頭に刻まれてあるからである。姉は十九で、妹は十六であるという。その若いふたりの生死不明ということが自分の神経を強く刺戟したので、今ここでこんな幻覚を見たに相違ない。すすり泣きのように聞えたのはやはり流れの音であろう。昔から幽霊をみたという伝説も嘘ではない。自分も今ここでいわゆる幽霊をみせられたのである。――こんなことを考えながら、僕はゆっくりと風呂にひたって、きょう一日の汗とほこりを洗い流して、ひどくさっぱりした気分になって、再び浴衣を着て入口の戸を内から明けようとすると、足の爪さきに何かさわるものがある。うつむいて透かして見ると、それは一つの指輪でした。

「誰かが落して行ったのだろう。」

風呂場に指輪を落したとか、置き忘れたとか、そんなことは別に珍らしくもないのですが、ここで僕をちょっと考えさせたのは、さっき僕の眼に映った若い女のことです。もちろん、それは一種の幻覚と信じているのですが、ちょうどその矢さきに若い女の所持品らしいこの指輪を見いだしたということが、なんだか子細ありげにも思われたのです。ただしそれはこっちの考え方にもよることで、幻覚は幻覚、指輪は指輪と全く別々に引き離してしまえば、なんにも考えることもないわけです。

僕はともかくもその指輪を拾い取って、もとの座敷へ帰ってくると、留守のあいだに二つの寝床を敷かせて、西田さんは床の上に坐っていました。

「やっぱり木曾ですね。九月でもふけると冷えますよ。」

「まったくです。」と、僕も寝床の上に坐りながら話し出しました。「風呂場でこんなものを拾ったのですが……。」

「拾いもの……なんです。お見せなさい。」

西田さんは手をのばして指輪をうけ取って、燈火《あかり》の下で打ち返して眺めていましたが、急に顔の色が変りました。

「これは風呂場で拾ったんですか。」

「そうです。」

「どうも不思議だ、これはわたしの総領娘の物です。」

僕はびっくりした。それはダイヤ入りの金の指輪で、形はありふれたものですが、裏に「みつ」と平仮名で小さく彫ってある。それが確かな証拠だと西田さんは説明しました。

「なにしろ風呂場へ行ってみましょう。」

西田さんは、すぐに起ちました。僕も無論ついて行きました。風呂場には誰もいません。そこらにも人の隠れている様子はありません。西田さんはさらに店の帳場へ行って、震災以来の宿帳をいちいち調査すると、前にもいう通り、ここの宿屋は近来ほとんど片商売のようになっているので、平生でも泊まりの人は少ない。ことに九月以来は休業同様で、ときどきに土地の青年団が案内してくる人たちを泊めるだけでした。それはみな東京の罹災者で、男女あわせて十組の宿泊客があったが、宿帳に記された住所姓名も年齢も西田さんの家族とは全然相違しているのです。念のために宿の女中たちにも聞きあわせたが、それらしい人相や風俗の女はひとりも泊まらないらしかった。

ただひと組、九月九日の夜に投宿した夫婦連れがある。これは東京から長野の方をまわって来たらしく、男は三十七八の商人体で、女は三十前後の小粋な風俗であったということです。この二人がどうしてここへ降りたかというと、女の方がやはり僕とおなじように汽車のなかで苦しみ出したので、よんどころなく下車してここに一泊して、あくる朝早々に名古屋行きの汽車に乗って行った。女は真っ蒼な顔をしていて、まだほんとうに快くならないらしいのを、男が無理に連れ出して行ったが、その前夜にも何かしきりに言い争っていたらしいというのです。

単にそれだけのことならば別に子細もないのですが、ここに一つの疑問として残されているのは、その男が大きいカバンのなかに宝石や指輪のたぐいをたくさん入れていたということです。当人の話では、自分は下谷辺の宝石商で家財はみんな灰にしたが、わずかにこれだけの品を持出したとか言っていたそうです。したがって、宿の者の鑑定では、その指輪はあの男が落して行ったのではないかというのですが、九月九日から約十日のあいだも他人の眼に触れずにいたというのは不思議です。また、果してその男が持っていたとすれば、どうして手に入れたのでしょう。

「いや、そいつかも知れません。宝石商だなんて嘘だか本当だか判るもんですか。指輪をたくさん持っていたのは、おおかた死人の指を切ったんでしょう。」と、西田さんは言いました。

僕は戦慄《せんりつ》しました。なるほど飛驒にいるときに、震災当時そんな悪者のあったという新聞記事を読んで、よもやと思っていたのですが、西田さんのように解釈すれば、あるいはそうかと思われないこともありません。それはまずそれとして、僕としてさらに戦慄を禁じ得ないのは、その指輪が西田さんの総領娘の物であったということです。こうなると、僕の眼に映った若い女のすがたは単に一種の幻覚とのみ言われないようにも思われます。女の泣き声、女の姿、女の指輪――それがみな縁を引いて繋がっているようにも思われてなりません。それとも幻覚は幻覚、指輪は指輪、どこまで行っても別物でしょうか。

「なんにしてもいいものが手に入りました。これが娘の形見です。あなたと道連れにならなければ、これを手に入れることは出来なかったでしょう。」

礼をいう西田さんの顔をみながら、僕はまた一種の不思議を感じました。西田さんは僕と懇意になり、またその僕が病気にならなければ、ここに下車してここに泊まるはずはあるまい。一方の夫婦――かれらが西田さんの推量通りであるならば――これもその女房が病気にならなかったら、おそらくここには泊まらずに行き過ぎてしまったであろう。かれらも偶然にここに泊まり、われわれも偶然にここに泊まりあわせて、娘の指輪はその父の手に戻ったのである。勿論それは偶然であろう。偶然といってしまえば、簡単明瞭に解決が付く。しかもそれは余りに平凡な月並式の解釈であって、この事件の背後にはもっと深い怖ろしい力がひそんでいるのではあるまいか。西田さんもこんなことを言いました。

「これはあなたのお蔭、もう一つには娘のたましいが私たちをここへ呼んだのかも知れません。」

「そうかも知れません。」

僕はおごそかに答えました。

われわれは翌日東京に着いて、新宿駅で西田さんに別れました。僕の宿は知らせておいたので、十月のなかば頃になって西田さんは訪ねて来てくれました。店の職人三人はだんだんに出て来たが、その一人はどうしても判らない。ともかくも元のところにバラックを建てて、この頃ようやく落ちついたということでした。

「それにしても、女の人たちはどうしました。」と、僕は訊きました。

「わたしの手に戻って来たのは、あなたに見付けていただいた指輪一つだけです。」

僕はまた胸が重くなりました。

白髪鬼《はくはつき》

一

S弁護士は語る。

私はあまり怪談などというものに興味をもたない人間で、他人からそんな話を聴こうともせず、自分から好んで話そうともしないのですが、若いときにたった一度、こんな事件に出逢ったことがあって、その謎だけはまだ本当に解けないのです。

今から十五年ほど前に、わたしは麴町《こうじまち》の半蔵門に近いところに下宿生活をして、神田のある法律学校に通っていたことがあります。下宿屋といっても、素人家《しろうとや》に手入れをして七間《ま》ほどの客間を造ったのですから、満員となったところで七人以上の客を収容することは出来ない。いわば一種の素人下宿のような家で、主婦は五十をすこし越えたらしい上品な人でした。ほかに廿八九の娘と女中ひとり、この三人で客の世話をしているのですが、だんだん聞いてみると、ここの家《うち》には相当の財産があって、長男は京都の大学にはいっている。その長男が卒業して帰って来るまで、ただ遊んでいるのもつまらなく、また寂しくもあるというようなわけで、道楽半分にこんな商売を始めたのだそうです。したがって普通の下宿屋とはちがって、万事がいかにも親切で、いわゆる家族的待遇をしてくれるので、止宿人《ししゅくにん》はみな喜んでいました。

そういうわけで、私たちは家の主婦を奥さんと呼んでいました。下宿屋のおかみさんを奥さんと呼ぶのは少し変ですが、前にも言う通り、まったく上品で温和な婦人で、どうもおかみさんとは呼びにくいように感じられるので、どの人もみな申合せたように奥さんと呼び、その娘を伊佐子さんと呼んでいました。家の苗字は——仮りに堀川といって置きましょう。

十一月はじめの霽《は》れた夜でした。わたしは四谷須賀町のお酉《とり》さまへ参詣に出かけました。東京の酉の市《まち》というのをかねて話には聞いていながら、まだ一度も見たことがない。さりとて浅草まで出かけるほどの勇気もないので、近所の四谷で済ませて置こうと思って、ゆう飯を食った後に散歩ながらぶらぶら行ってみることになったのですから、甚だ不信心の参詣者というべきでした。今夜は初酉だそうですが、天気がいいせいか頗《すこぶ》る繁昌しているので、混雑のなかを揉まれながら境内と境外を一巡して、電車通りの往来まで出て来ると、ここも露天で賑わっている。その人ごみの間で不意に声をかけられました。

「やあ、須田君。君も来ていたんですか。」

「やあ、あなたも御参詣ですか。」

「まあ、御参詣と言うべきでしょうね。」

その人は笑いながら、手に持っている小さい熊手と、笹の枝に通した唐《とう》の芋とを見せました。彼は山岸猛雄――これも仮名です――という男で、やはり私とおなじ下宿屋に止宿しているのですから二人は肩をならべて歩き始めました。

「ずいぶん賑やかですね。」と、わたしは言いました。「そんなものを買ってどうするんです。」

「伊佐子さんにお土産ですよ。」と、山岸はまた笑っていいました。「去年も買って行ったから今年も吉例でね。」

「高いでしょう。」と、そんな物の相場を知らない私は訊きました。

「なに、思い切って値切り倒して……。それでも初酉だから、商人の鼻息がなかなか荒い。」

そんなことを言いながら四谷見附の方角へむかって来ると、山岸はあるコーヒー店の前に立ちどまりました。

「君、どうです。お茶でも飲んで行きませんか。」

かれは先に立って店へはいったので、わたしもあとから続いてはいると、幸いに隅の方のテーブルが空《す》いていたので、二人はそこに陣取って、紅茶と菓子を注文しました。

「須田君は酒を飲まないんですね。」

「飲みません。」

「ちっともいけないんですか。」

「ちっとも飲めません。」

「わたしも御同様だ。少し飲めるといいんだが……。」と、山岸は何か考えるように言いました。「この二、三年来、なんとかして飲めるようになりたいと思って、ずいぶん勉強してみたんですがね。どうしても駄目ですよ。」

飲めない酒をなぜ無理に飲もうとするのかと、年の若い私はすこしおかしくなりました。その笑い顔をながめながら、山岸はやはり子細ありそうに溜息をつきました。

「いや、君なぞは勿論飲まない方がいいですよ。しかし私なぞは少し飲めるといいんだが……。」と、彼は繰返して言いましたが、やがて又俄かに笑い出しました。「なぜといって……。少しは酒を飲まないと伊佐子さんに嫌われるんでね。はははは。」

山岸の方はどうだか知らないが、伊佐子さんがとにかく彼に接近したがって、いわゆる秋波を送っているらしいのは、他の止宿人もみな認めているのでした。堀川の家《うち》では、伊佐子さんが姉で、京都へ行っている長男は弟だそうです。伊佐子さんは廿一の年に他へ縁付いたのですが、その翌年に夫が病死したので、再び実家へ戻って来て、それからむなしく七、八年を送っているという気の毒な身の上であることを、わたし達も薄々知っていました。容貌《きりょう》もまず十人並以上で阿母《おっか》さんとは違ってなかなか元気のいい活潑な婦人でしたが、気のせいか、その蒼白い細おもてがやや寂しく見えるようでした。

山岸は三十前後で、体格もよく、顔色もよく、ひと口にいえばいかにも男らしい風采の持主でした。その上に、郷里の実家が富裕であるらしく、毎月少なからぬ送金を受けているので、服装もよく、金づかいもいい。どの点から見ても七人の止宿人のうちでは彼が最も優等であるのですから、伊佐子さんが彼に眼をつけるのも無理はないと思われました。いや、彼女が山岸に眼をつけていることは、奥さんも内々承知していながら、そのまま黙許しているらしいという噂もあるくらいですから、今ここで山岸の口から伊佐子さんのことを言い出されても、私はさのみ怪しみもしませんでした。勿論、妬むなどという気はちっとも起りませんでした。

「伊佐子さんは酒を飲むんですか。」と、わたしも笑いながら訊きました。

「さあ。」と、山岸は首をかしげていました。「よくは知らないが、おそらく飲むまいな。私にむかっても、酒を飲むのはおよしなさいと忠告したくらいだから……。」

「でも、酒を飲まないと、伊佐子さんに嫌われると言ったじゃありませんか。」

「あははははは。」

彼があまりに大きな声で笑い出したので、四組ほどの他の客がびっくりしたようにこっちを一度に見返ったので、わたしは少しきまりが悪くなりました。茶を飲んで、菓子を食って、その勘定は山岸が払って、二人は再び往来へ出ると、大きい冬の月が堤の松の上に高くかかっていました。霽れた夜といっても、もう十一月の初めですから、寒い西北の風がわれわれを送るように吹いて来ました。

四谷見附を過ぎて、麴町の大通りへさしかかると、橋ひとつを境にして、急に世間が静かになったように感じられました。山岸は消防署の火の見を仰ぎながら、突然にこんなことを言い出しました。

「君は幽霊というものを信じますか。」

思いも付かないことを問われて、わたしもすこしく返答に躊躇しましたが、それでも正直に答えました。

「さあ。わたしは幽霊というものについて、研究したこともありませんが、まあ信じない方ですね。」

「そうでしょうね。」と、山岸はうなずきました。「わたしにしても信じたくないから、君などが信じないというのは本当だ。」

　彼はそれぎりで黙ってしまいました。今日ではわたしも商売柄で相当におしゃべりをしますが、学生時代の若い時には、どちらかといえば無口の方でしたから、相手が黙っていれば、こっちも黙っているというふうで、二人は街路樹の落葉を踏みながら、無言で麹町通りの半分以上を通り過ぎると、山岸はまた俄かに立ちどまりました。

「須田君、うなぎを食いませんか。」

「え。」

　わたしは山岸の顔をみました。たった今、四谷で茶を飲んだばかりで、又すぐにここで鰻を食おうというのは少しく変だと思っていると、それを察したように彼は言いました。

「君は家で夕飯を食ったでしょうが、わたしは午後に出たぎりで、実はまだ夕飯を食わないんですよ。あのコーヒー店で何か食おうかと思ったが、ごたごたしているので止《や》めて来たんです。」

なるほど彼は午後から外出していたのです。それでまだ夕飯を食わずにいるのでは、四谷で西洋菓子を二つぐらい食ったのでは腹の虫が承知しまいと察せられました。それにしても、鰻を食うのは贅沢です。いや、金廻りのいい彼としては別に不思議はないかも知れませんが、われわれのような学生に取っては少しく贅沢です。今日では方々の食堂で鰻を安く食わせますが、その頃のうなぎは高いものと決まっていました。殊に山岸がこれからはいろうとする鰻屋は、ここらでも上等の店でしたから、わたしは遠慮しました。

「それじゃあ、あなたひとりで食べていらっしゃい。わたしはお先へ失敬します。」

行きかけるのを、山岸は引止めました。

「それじゃあいけない。まあ、附き合いに来てくれたまえ。鰻を食うばかりじゃない、ほかにも少し話したいことがあるから。いや、嘘じゃない。まったく話があるんだから……。」

断り切れないで、私はとうとう鰻屋の二階へ連れ込まれました。

二

ここで山岸とわたしとの関係を、さらに説明しておく必要があります。

山岸はわたしと同じ下宿屋に住んでいるという以外に、特別にわたしに対して一種の親しみを持っていてくれるのは、二人がおなじ職業をこころざしているのと、わたしが先輩として常に彼を尊敬しているからでした。わたしも将来は弁護士として世間に立つつもりで勉強中の身の上ですから、自分よりも年上の彼に対して敬意を払うのは当然です。単に年齢の差があるばかりでなく、その学力においても、彼とわたしとは大いに相違しているのでした。山岸は法律上の知識は勿論、英語のほかにドイツ、フランスの語学にも精通していましたから、わたしはいい人と同宿したのを喜んで、その部屋へ押しかけて行っていろいろのことを訊くと、彼もまた根《こん》よく親切に教えてくれる。そういうわけですから、山岸という男はわたしの師匠といってもいいくらいで、わたしも彼を尊敬し、彼もわたしを愛してくれたのです。

唯ここに一つ、わたしとして不思議でならないのは、その山岸がこれまでに四回も弁護士試験をうけて、いつも合格しないということでした。あれほどの学力もあり、あれほどの胆力もありながら、どうして試験に通過することが出来ないのか。わたしの知っている範囲内でも、その学力はたしかに山岸に及ばないと思われる人間がいずれも無事に合格しているのです。勿論、試験というものは一種の運だめしで、実力の優《まさ》ったものが必ず勝つとも限らないのですが、それも一回や二回ではなく、三回も四回もおなじ失敗をくり返すというのは、どう考えても判りかねます。

「わたしは気が小さいので、いけないんですね。」

それに対して、山岸はこう説明しているのですが、わたしの視るところでは彼は決して小胆の人物ではありません。試験の場所に臨んで、いわゆる「場打《ばう》て」がするような、気の弱い人物とは思われません。体格は堂々としている。弁舌は流暢《りゅうちょう》である。どんな試験官でも確かに採用しそうな筈であるのに、それがいつでも合格しないのは、まったく不思議と言うのほかはありません。それでも彼は、郷里から十分の送金を受けているので、何回の失敗にもさのみ屈する気色《けしき》もみせず、落ちつき払って下宿生活をつづけているのです。わたしは彼に誘われて、ここの鰻の御馳走になったのは、今までにも二、三回ありました。

「君なぞは若い盛りで、さっき食った夕飯なぞはとうの昔に消化してしまった筈だ。遠慮なしに食いたまえ、食いたまえ。」

山岸にすすめられて、私はもう遠慮なしに食い始めました。ともかくも一本の酒を注文したのですが、二人ともほとんど飲まないで、唯むやみに食うばかりです。蒲焼の代りを待っているあいだに、彼は静かに言い出しました。

「実はね、わたしは今年かぎりで郷里へ帰ろうかと思っていますよ。」

私はおどろきました。すぐには何とも言えないで、黙って相手の顔を見つめていると、山岸はすこしく容《かたち》をあらためました。

「甚だ突然で、君も驚いたかも知れないが、わたしもいよいよ諦めて帰ることにしました。どう考えても、弁護士という職業はわたしに縁がないらしい。」

「そんなことはないでしょう。」

「私もそんなことはないと思っていた。そんな筈はないと信じていた。幽霊がこの世にないと信じるのと同じように……。」

さっきも幽霊と言い、今もまた幽霊と言い出したのが、わたしの注意をひきました。しかし黙って聴いていると、彼は更にこんなことを言い出しました。

「君は幽霊を信じないと言いましたね。わたしも勿論、信じなかった。信じないどころか、そんな話を聴くと笑っていた。その私が幽霊に責められて、とうとう自分の目的を捨てなければならない事になったんですよ。幽霊を信じない君たちの眼から見れば、実にばかばかしいかも知れない。まあ、笑ってくれたまえ。」

わたしは笑う気にはなれませんでした。山岸の口からこんなことを聞かされる以上、それには相当の根拠がなければならない。といって、まさか幽霊などというものがこの世にあろうとは思われない。半信半疑でやはり黙っていると、山岸もまた黙って天井の電燈をみあげていました。広い二階に坐っているのはわれわれの二人ぎりで、隅々からにじみ出して来る夜の寒さが人に迫るようにも思われました。

しかし今夜もまだ九時ごろです、表には電車の往来するひびきが絶えずごうごうと聞えています。下では鰻を焼く団扇《うちわ》の音がぱたぱたと聞えます。思いなしか、頭の上の電燈が薄暗くみえても、床の間に生けてある茶の花の白い影がわびしく見えても、怪談らしい気分を深めるにはまだ不十分でした。もちろん山岸はそんなことに頓着する筈もない、ただ自分の言いたいだけの事を言えばいいのでしょう。やがて又向き直って話しつづけました。

「自分の口から言うのも何だが、わたしはこれまでに相当の勉強もしたつもりで、弁護士試験ぐらいはまず無事にパスするという自信を持っていたんですよ。うぬぼれかも知れないが、自分ではそう信じていたんです。」

「そりゃそうです。」と、私はすぐに言いました。「あなたのような人がパスしないという筈はないんですから。」

「ところが、いけないからおかしい。」と、山岸はさびしく笑いました。「君も御承知だろうが、ことしで四回つづけて見事に失敗している。自分でも少し不思議に思うくらいで……。」

「私もまったく不思議に思っているんです。どういうわけでしょう。」

「そのわけは……。今も言う通り、わたしは幽霊に責められているんですよ。いや、実にばかばかしい。われながら馬鹿げ切っていると思うのだが、それが事実であるからどうにも仕様がない。今まで誰にも話したことはないが、わたしが初めて試験を受けに出て、一生懸命に答案を書いていると、一人の女のすがたが私の眼の前にぼんやりと現われたんです。場所が場所だから、女なぞが出て来るはずがない。それは痩形で背の高い、髪の毛の白い女で、着物は何を着ているかはっきりと判らないが、顔だけはよく見えるんです。髪の白いのを見ると、老人かと思われるが、その顔は色白の細おもてで、まだ三十を越したか越さないか位にも見える。そういう次第で、年ごろの鑑定は付かないが、髪の毛の真っ白であるだけは間違いない。その女がわたしの机の前に立って、わたしの書いている紙の上を覗き込むようにじっと眺めていると、不思議にわたしの筆の運びがにぶくなって、頭もなんだか茫として、何を書いているのか自分にも判らなくなって来る……。君はその女をなんだと思います。」

「しかし……。」と、わたしは考えながら言いました。「試験場には大勢の受験者が机をならべているんでしょう。しかも昼間でしょう。」

「そうです、そうです。」と、山岸はうなずきました。「まっ昼間で、硝子窓の外には明るい日が照っている。試験場には大勢の人間がならんでいる。そこへ髪の毛の白い女の姿があらわれるんですよ。勿論、他の人には見えないらしい。わたしの隣りにいる人も平気で答案を書きつづけているんです。なにしろ、私はその女に邪魔をされて、結局なんだか判らないような答案を提出することになる。何がなんだか滅茶苦茶で、自分にも訳が判らないようなものを書いて出すのだから、試験官が明き盲でない限り、そんな答案に対して及第点をあたえてくれる筈がない。それで第一回の受験は見ごとに失敗してしまった。それでも私はそれほどに悲観しませんでした。元来がのん気な人間に生れ付いているのと、もう一つには、幸いに郷里の方が相当に暮らしているので、一年や二年は遊んでいても困ることはないという安心があったからでした。」

「そこで、あなたはその女に就いてどう考えておいでになったんです。」

「それは神経衰弱の結果だと見ていました。」と、山岸は答えました。「幾らのん気な人間でも、試験前には勉強する。殊にその当時は学校を出てから間もないので、毎晩二時三時ごろまでも勉強していたから、神経衰弱の結果、そういう一種の幻覚を生じたものだろうと判断しました。したがって、さのみ不思議とも思いませんでした。」

「その女はそれぎり姿を見せませんでしたか。」と、わたしは追いかけるように訊いた。

「いや、お話はこれからですよ。その頃わたしは神田に下宿していたんですが、何分にも周囲がそうぞうしくって、いよいよ神経を苛立たせるばかりだと思ったので、さらに小石川の方へ転宿して、その翌年に第二回の試験を受けると、これも同じ結果に終りました。わたしの机の前には、やはり髪の白い女の姿があらわれて、わたしが書いている紙の上をじっと覗いているんです。畜生、又来たかと思っても、それに対抗するだけの勇気がないので、又もや眼が眩《くら》んで、頭がぼんやりして、なんだか夢のような心持になって……。結局めちゃめちゃの答案を提出して……。それでも私はまだ悲観しませんでした。やはり神経衰弱が祟っているんだと思って、それから三月ほども湘南地方に転地して、唯ぶらぶら遊んでいると、頭の具合もすっかり好くなったらしいので、東京へ帰って又もや下宿をかえました。それが現在の堀川の家で、今までのうちでは一等居ごころのいい家ですから、ここならば大いに勉強が出来ると喜んでいると、去年は第三回の受験です。近来は健康も回復しているし、試験の勝手もよく判っているし、今度こそはという意気込みで、わたしは威勢よく試験場へはいって、答案をすらすらと書きはじめると、髪の白い女が又あらわれました。いつも同じことだから、もう詳しく言うまでもありますまい。わたしはすごすごと試験場を出ました。」

あり得《う》べからざる話を聴かされて、わたしも何だか夢のような心持になって来ました。そこへ蒲焼のお代りを運んで来ましたが、わたしはもう箸をつける元気がない。それは満腹の為ばかりではなかったようです。山岸も皿を見たばかりで、箸をとりませんでした。

三

うなぎを食うよりも、話のつづきを聞く方が大事なので、わたしは誘いかけるように又訊きました。

「そうすると、それもやっぱり神経のせいでしょうか。」

「さあ。」と、山岸は低い溜息を洩らしました。「こうなると、わたしも少し考えさせられましたよ。実は今まで郷里の方に対して、受験の成績は毎回報告していましたが、髪の白い女のことなぞはいっさい秘密にしていました。そんなことを言ってやったところで、誰も信用する筈もなし、落第の申訳にそんな奇怪な事実を捏造《ねつぞう》したように思われるのも、あまり卑怯らしくって残念だから、どこまでも自分の勉強の足らないことにして置いたのです。ねえ、そうでしょう。わたしの眼にみえるだけで、誰にも判らないことなんだから、いくら本当だと主張したところで信用する者はありますまい。まして自分自身も神経衰弱の祟りと判断しているくらいだから、そんな余計なことを報告してやる必要もないと思って、かたがたその儘にして置いたんですが、三度が三度、同じことが続いて、おなじ結果になるというのは少しおかしいと自分でもやや疑うようになって来た。そこへ郷里の父から手紙が来て、ちょっと帰って来いというんです。父は九州のFという町でやはり弁護士を開業しているんですが、早い子持ちで、廿三の年にわたしを生んだのだから、去年は五十二で、土地の同業者間ではまずいい顔になっている。そのおかげで私もまあこうしてぶらぶらしていられるんですが……。その父も毎々の失敗にすこし呆れたんでしょう。ともかくも一度帰って来いというので、去年の暮から今年の正月にかけて……。それは君も知っているでしょう。それから東京へ帰って来たときに、わたしの様子に何か変ったところがありましたか。」

「いいえ、気がつきませんでした。」と、わたしは首をふりました。

「そうでしたか。なんぼ私のような人間でも、三回も受験に失敗しているんだから、久しぶりで国へ帰って、父の前へ出ると、さすがにきまりが悪い。そこは人情で、なにかの言い訳もしたくなる。その言い訳のあいだに口がすべって、髪の白い女のことをうっかりしゃべってしまったんです。すると、父は俄かにくちびるを屹《きっ》と結んで、しばらく私の顔を見つめていたが、やがて厳粛な口調で、お前それは本当かという。本当ですと答えると、父は又だまってしまって、それぎりなんにも言いませんでしたが、さてそうなると私の疑いはいよいよ深くならざるを得ない。父の様子から想像すると、これには何か子細のあることで、単にわたしの神経衰弱とばかりは言っていられないような気がするじゃありませんか。その時はまあそれで済んだんですが、それから二、三日の後、父はわたしに向って、もう東京へ行くのは止せ、弁護士試験なぞ受けるのは思い切れと、こう言うんです。実家に居据わっていても仕方がないので、わたしは父に向って、お願いですから、もう一度東京へやってください。万一ことしの受験にも失敗するようであったら、その時こそは思い切って帰郷しますと、無理に父を口説いて再び上京しました。したがって、ことしの受験はわたしに取っては背水の陣といったようなわけで、平素のん気な人間も少しく緊張した心持で帰って来たんです。それが君たちに覚られなかったとすると、私はよほどのん気にみえる男なんでしょうね。」

山岸は又さびしく笑いながら語りつづけました。

「ところで、ことしの受験もあの通りの始末……。やはり白い髪の女に祟られたんですよ。かれは今年も依然として試験場にあらわれて、わたしの答案を妨害しました。言うまでもない事だが、試験場におけるわたしの席は毎年変っている。しかもかれは同じように、影の形に従うがごとくに、私の前にあらわれて来るのだから、どうしても避ける方法がない。わたしはこの幽霊――まず幽霊とでもいうのほかはありますまい。この幽霊のために再三再四妨害されて、実に腹が立ってたまらないので、もうこうなったら根くらべ意地くらべの決心で、来年も重ねて試験を受けようと思っていたところが、二、三日前に郷里の父から手紙が来て、今度こそはどうしても帰れというんです。この正月の約束があるから、わたしももう強情を張り通すわけにもいかないのと、もう一つ、わたしに強い衝動をあたえたのは、父の手紙にこういうことが書いてあるんです。たとい無理に試験を通過したところで、弁護士という職業を撰《えら》むことは、お前の将来に不幸をまねく基《もと》であるらしく思われるから、もう思い切って帰郷して、なにか他の職業を求めることにしろ。お前として今までの志望を抛棄《ほうき》するのは定めて苦痛であろうと察せられるが、お前にばかり強《し》いるのではない、わたしも今年かぎりで登録を取消して弁護士を廃業する。」

「なぜでしょう。」と、わたしは思わず喙《くち》をいれました。

「なぜだか判らない。」と、山岸は思いありげに答えました。「しかし判らないながらも、なんだか判ったような気もするので、わたしもいよいよ思い切って東京をひきあげて、年内に帰国するつもりです。父はF町の近在に相当の土地を所有している筈だから、草花でも作って、晩年を送る気になったのかも知れない。わたしも父と一緒に園芸でもやってみるか、それとも何か他の仕事に取りかかるか、それは帰郷の上でゆっくり考えようと思っているんです。」

わたしは急にさびしいような、薄暗い心持になりました。どんな事情があるのか知れないが、父も弁護士を廃業する、その子も弁護士試験を断念して帰る。それだけでも聞く者のこころを暗くさせるのに、さらに現在のわたしとしては、自分が平素尊敬している先輩に捨てて行かれるのが、いかにも頼りないような寂しい思いに堪えられないので、黙って俯向いてその話を聞いていると、山岸は又言いました。

「今夜の話はこの場かぎりで、当分は誰にも秘密にしておいてくれたまえ。いいかい。奥さんにも伊佐子さんにも暫く黙っていてくれたまえ。」

奥さんはともあれ、伊佐子さんがこれを知ったら定めて驚くことであろうと、わたしは気の毒に思いましたが、この場合、かれこれ言うべきではありませんから、山岸の言うがままに承諾の返事をして置きました。

お代りの蒲焼は二人ともにちっとも箸をつけなかったので、残して行くのも勿体ないといって、その二人前を折詰にして貰うことにしました。それは伊佐子さんへお土産にするのだと、山岸は言っていました。熊手と唐の芋と、うなぎの蒲焼と、重ね重ねのおみやげを貰って、なんにも知らない伊佐子さんはどんなに喜ぶことかと思うと、わたしはいよいよ寂しいような心持になりました。

表へ出ると、木枯しとでも言いそうな寒い風が、さっきよりも強く吹いていました。

宿へ帰るまで二人は黙って歩きました。

四

おみやげの品々を貰って、伊佐子さんは果して大喜びでした。奥さんも喜んでいました。その呉れ手が山岸であるだけに、伊佐子さんは一層嬉しく感じたのであろうと思うと、わたしは気の毒を通り越して、なんだか悲しいような心持になって来たので、そうそうに挨拶して、自分の部屋へはいってしまいました。

堀川の家で止宿人にあたえている部屋は、二階に五間、下に二間という間取りで、山岸は下の六畳に、わたしは二階の東の隅の四畳半に陣取っているのでした。東の隅といっても、東側には隣りの二階家が接近しているので、一間の肱《ひじ》かけ窓は北の往来にむかって開かれているのですから、これからは日当りの悪い、寒い部屋になるのです。今夜のような風の吹く晩には、窓の戸をゆする音を聞くだけでも夜の寒さが身に沁みます。もう勉強する元気もないので、私はすぐに冷たい衾《よぎ》のなかにもぐり込みましたが、何分にも眼が冴えて眠られませんでした。いや、眠られないのがあたりまえかとも思いました。

わたしは今夜の話をそれからそれへと繰返して考えました。髪の白い女というのは、いったい何者であろうかとも考えました。山岸はそれを幽霊と信じてしまったらしいが、さっきも言う通り、白昼衆人のあいだに幽霊が姿をあらわすなどというのは、どうしても私には信じられないことでした。しかも山岸が彼の父にむかってその話を洩らしたときに、父の態度に怪しむべき点を発見したらしい事を考えると、父には何か思いあたる節《ふし》があるのかとも察せられます。ことに父も今年かぎりで弁護士を廃業するから、山岸にも受験を断念しろという。それには勿論、なにかの子細がなければならない。それから綜合して考えると、これは弁護士という職業に関連した一種の秘密であるらしい。山岸は詳しいことを明かさないが、今度の父の手紙にはその秘密を洩らしてあるのかも知れない。そこで彼もとうとう我《が》を折って、にわかに帰郷することになったのかも知れない。

わたしの空想はだんだんに拡がって来ました。山岸の父は職業上、ある訴訟事件の弁護をひき受けた。刑事ではあるまい、おそらく民事であろう。それが原告であったか、被告であったか知らないが、ともかくも裁判の結果が、ある婦人に甚だしい不利益をあたえることになった。その婦人は、髪の白い人であった。彼女《かれ》はそれがために自殺したか、悶死したか、いずれにしても山岸の父を呪いつつ死んだ。その恨みの魂がまぼろしの姿を試験場にあらわして、彼の子たる山岸を苦しめるのではあるまいか。

こう解釈すれば、怪談としてまずひと通りの筋道は立つわけですが、そんな小説めいた事件が実際にあり得るものかどうかは、大いなる疑問であると言わなければなりません。

さっき聞き落したのですが、一体その髪の白い女は試験場にかぎって出現するのか、あるいは平生でも山岸の前に姿をみせるのか、それを詮議しなければならない事です。山岸の口ぶりでは、平生は彼女と没交渉であるらしく思われるのですが、それも機会を見てよく確かめて置かなければなりません。そんなことをいろいろ考えているうちに、近所の米屋で、一番鶏の歌う声がきこえました。

あくる朝はゆうべの風のためか、にわかに冬らしい気候になりました。一夜をろくろく眠らずに明かした私は、けさの寒さが一層こたえるようでしたが、それでも朝飯をそうそうに食って、いつもの通りに学校に出て行きました。その頃には風もやんで、青空が高く晴れていました。

留守のあいだに何事か起っていはしないかと、一種の不安をいだきながら、午後に学校から帰って来ますと、堀川の一家にはなんにも変った様子もなく、伊佐子さんはいつもの通りに働いています。山岸も自分の部屋で静かに読書しているようです。私はまずこれで安心していると、午後六時ごろに伊佐子さんがわたしの部屋へ夕飯の膳を運んで来ました。このごろの六時ですから、日はすっかり暮れ切って、狭い部屋には電燈のひかりが満ちていました。

「きょうは随分お寒うござんしたね。」と、伊佐子さんは言いました。平生から蒼白い顔のいよいよ蒼ざめているのが、わたしの眼につきました。

「ええ、今からこんなに寒くなっちゃやりきれません。」

いつもは膳と飯櫃《めしびつ》を置いて、すぐに立ちさる伊佐子さんが、今夜は入口に立て膝をしたままで又話しかけました。

「須田さん。あなたはゆうべ、山岸さんと一緒にお帰りでしたね。」

「ええ。」と、わたしは少しあいまいに答えました。この場合、伊佐子さんから山岸のことを何か聞かれては困ると思ったからです。

「山岸さんは何かあなたに話しましたか。」と、果して伊佐子さんは訊きはじめました。

「何かとは……。どんな事です。」

「でも、この頃は山岸さんのお国からたびたび電報がくるんですよ。今月になっても、一週間ばかりのうちに三度も電報が来ました。そのあいだに郵便も来ました。」

「そうですか。」と、私はなんにも知らないような顔をしていました。

「それには何か、事情があるんだろうと思われますが……。あなたはなんにもご承知ありませんか。」

「知りません。」

「山岸さんはゆうべなんにも話しませんでしたか。わたしの推量では、山岸さんはもうお国の方へ帰ってしまうんじゃないかと思うんですが……。そんな話はありませんでしたか。」

わたしは少しぎょっとしましたが、山岸から口止めをされているんですから、迂闊におしゃべりは出来ません。それを見透かしているように、伊佐子さんはひと膝すりよって来ました。

「ねえ。あなたは平生から山岸さんと特別に仲よく交際しておいでなさるんですから、あの人のことについて何かご存じでしょう。隠さずに教えてくださいませんか。」

これは伊佐子さんとして無理からぬ質問ですが、その返事には困るのです。一つ家に住んでいながら、一体この伊佐子さんと山岸との関係がどのくらいの程度にまで進んでいるのか、それを私はよく知らないので、こういう場合にはいよいよ返事に困るのです。しかし山岸との約束がある以上、わたしは心苦しいのを我慢して、あくまで知らない知らないを繰返しているのほかはありません。そのうちに伊佐子さんの顔色はますます悪くなって、飛んでもないことを言い出しました。

「あの、山岸さんという人は怖ろしい人ですね。」

「なにが怖ろしいんです。」

「ゆうべお土産だといって、うなぎの蒲焼をくれたでしょう。あれが怪しいんですよ。」

伊佐子さんの説明によると、ゆうべあの蒲焼を貰った時はもう夜が更けているので、あした食うことにして台所の戸棚にしまっておいた。この近所に大きい黒い野良猫がいる。それがきょうの午前中に忍び込んできて、女中の知らない間に蒲焼の一と串をくわえ出して、裏手の掃溜《はきだめ》のところで食っていたかと思うと、口から何か吐き出して死んでしまった。猫は何かの毒に中《あた》ったらしいというのです。

こうなると、わたしも少しく係合いがあるような気がして、そのまま聞き捨てにはならないことになります。

「猫はまったくそのうなぎの中毒でしょうか。」と、私は首をかしげました。「そうして、ほかの鰻はどうしました。」

「なんだか気味が悪うござんすから、母とも相談して、残っていた鰻もみんな捨てさせてしまいました。熊手も毀《こわ》して、唐の芋も捨ててしまいました。」

「しかし現在、その鰻を食ったわれわれは、こうして無事でいるんですが……。」

「それだからあの人は怖ろしいと言うんです。」と、伊佐子さんの眼のひかりが物凄くなりました。「おみやげだなんて親切らしいことを言って、わたし達を毒殺しようと企《たく》らんだのじゃないかと思うんです。さもなければ、あなた方の食べた鰻には別条がなくって、わたし達に食べさせる鰻には毒があるというのが不思議じゃありませんか。」

「そりゃ不思議に相違ないんですが……。それはあなた方の誤解ですよ。あの鰻は最初からお土産にするつもりで拵《こしら》えたのじゃあない、われわれの食う分が自然に残って、おみやげになったんですから……。わたしは始終一緒にいましたけれど、山岸さんが毒なぞを入れたような形跡は決してありません。それはわたしが確かに保証します。鰻がひと晩のうちにどうかして腐敗したのか、あるいは猫が他の物に中毒したのか、いずれにしても山岸さんや私には全然無関係の出来事ですよ。」

わたしは熱心に弁解しましたが、伊佐子さんはまだ疑っているような顔をして、成程そうかとも言わないばかりか、いつまでもいやな顔をして睨んでいるので、わたしは甚だしい不快を感じました。

「あなたはどうしてそんなに山岸さんを疑うんですか。単に猫が死んだというだけのことですか、それともほかに理由があるんですか。」と、わたしは詰問するように訊きました。

「ほかに理由がないでもありません。」

「どんな理由ですか。」

「あなたには言われません。」と、伊佐子さんはきっぱりと答えました。余計なことを詮議するなというような態度です。

わたしはいよいよむっとしましたが、俄かにヒステリーになったような伊佐子さんを相手にして、議論をするのも無駄なことだと思い返して、黙ってわきを向いてしまいました。そのときあたかも下の方から奥さんの呼ぶ声がきこえたので、伊佐子さんも黙って出て行きました。

ひとりで飯を食いながら、わたしはまた考えました。余の事とは違って、仮りにも毒殺などとは容易ならぬことです。伊佐子さんばかりでなく、奥さんまでが本当にそう信じているならば、山岸のために進んでその冤《えん》をすすぐのが自分の義務であると思いました。それにしても、本人の山岸はそんな騒ぎを知っているかどうか、まずそれを訊きただしておく必要があるとも考えたので、飯を食ってしまうとすぐに二階を降りて山岸の部屋へたずねていくと、山岸はわたしよりもさきに夕飯をすませて、どこへか散歩に出て行ったということでした。

わたしも頭がむしゃくしゃして、再び二階の部屋へもどる気にもなれなかったので、何がなしに表へふらりと出てゆくと、そのうしろ姿をみて、奥さんがあとから追って来ました。

「須田さん、須田さん。」

呼びとめられて、わたしは立ちどまりました。家から十五、六間も離れたところで、路のそばには赤いポストが寒そうに立っています。そこにたたずんで待っていると、奥さんは小走りに走って来て、あとを見返りながら小声で訊きました。

「あの……。伊佐子が……。あなたに何か言いはしませんでしたか。」

なんと答えようかと、私はすこしく考えていると、奥さんの方から切り出しました。

「伊佐子が何か鰻のことを言いはしませんか。」

「言いました。」と、わたしは思い切って答えました。「ゆうべの鰻を食って、黒猫が死んだとかいうことを……。」

「猫の死んだのは本当ですけれど……。伊佐子はそれを妙に邪推しているので、わたしも困っているのです。」

「まったく伊佐子さんは邪推しているのです。積もってみても知れたことで、山岸さんがそんな馬鹿なことをするもんですか。」

わたしの声が可なりに荒かったので、奥さんもやや躊躇しているようでしたが、再びうしろを見返りながらささやきました。

「あなたも御存じだかどうだか知りませんけれど、このごろ山岸さんのところへお国の方から電報や郵便がたびたび来るので、娘はひどくそれを気にしているのです。山岸さんは郷里へ帰るようになったのじゃあないかと言って……。」

「山岸さんがもし帰るようならば、どうすると言うんです。伊佐子さんはあの人と何か約束したことでもあるんですか。」と、わたしは無遠慮に訊き返しました。

奥さんは返事に困ったような顔をして、しばらく黙っていましたが、その様子をみて私にも覚られました。ほかの止宿人たちが想像していたとおり、山岸と伊佐子さんとのあいだには、何かの絲がつながっていて、奥さんもそれを黙認しているに相違ないのです。そこで、わたしはまた言いました。

「山岸さんはああいう人ですから、万一帰郷するようになったからといって、無断で突然たち去る気づかいはありません。きっとあなたがたにも事情を説明して、なにごとも円満に解決するような方法を講じるに相違ありませんから、むやみに心配しない方がいいでしょう。伊佐子さんがなんと言っても、うなぎの事件だけは山岸さんにとってたしかに冤罪です。」

伊佐子さんに話したとおりのことを、わたしはここで再び説明すると、奥さんは素直にうなずきました。

「そりゃそうでしょう。あなたの仰しゃるのが本当ですよ。山岸さんが、なんでそんな怖ろしいことをするものですか。それはよく判っているのですけれど、伊佐子はふだんの気性にも似合わず、このごろは妙に疑い深くなって……。」

「ヒステリーの気味じゃあないんですか。」

「そうでしょうか。」と、奥さんは苦労ありそうに、眉をひそめました。

伊佐子さんに対しては一種の義憤を感じていた私も、おとなしい奥さんの悩ましげな顔色をみていると、又にわかに気の毒のような心持になって、なんとか慰めてやりたいと思っているところへ、あたかも集配人がポストをあけに来たので、ふたりはそこを離れなければならないことになりました。

そのときに気がついて見返ると、伊佐子さんが門口《かどぐち》に立って遠くこちらを窺っているらしいのが、軒燈の薄紅い光りに照らしだされているのです。わたし達もちょっと驚いたが、伊佐子さんの方でも自分のすがたを見付けられたのを覚ったらしく、消えるように内へ隠れてしまいました。

五

奥さんに別れて、麴町通りの方角へふた足ばかり歩き出した時、あたかも私の行く先から、一台の自動車が走ってきました。あたりは暗くなっているなかで、そのヘッド・ライトの光りが案外に弱くみえるので、私はすこしく変だと思いながら、すれ違うときにふと覗いてみると、車内に乗っているのは一人の婦人でした。その婦人の髪が真っ白に見えたので、わたしは思わずぞっとして立停まる間に、自動車は風のように走り過ぎ、どこへ行ってしまったか、消えてしまったか、よく判りませんでした。

これはおそらく私の幻覚でしょう。いや、たしかに幻覚に相違ありません。髪の白い女の怪談を山岸から聞かされていたので、今すれちがった自動車の乗客の姿が、その女らしく私の眼を欺《あざむ》いたのでしょう。またそれが本当に髪の白い婦人であったとしても、白髪の老女は世間にはたくさんあります。単に髪が白いというだけのことで、それが山岸に祟っている怪しい女であるなどと一途《いちず》に決めるわけにはいきません。いずれにしても、そんなことを気にかけるのは万々《ばんばん》間違っていると承知していながら、私はなんだか薄気味の悪いような、いやな心持になりました。

「はは、おれはよっぽど臆病だな。」

自分で自分を嘲りながら、私はわざと大股にあるいて、灯の明るい電車路の方へ出ました。ゆうべのような風はないが、今夜もなかなか寒い。何をひやかすということもなしに、四谷見附までぶらぶら歩いて行きましたが、帰りの足は自然に早くなりました。

帽子もかぶらず、外套も着ていないので、夜の寒さが身にしみて来たのと、留守のあいだにまた何か起っていはしまいかという不安の念が高まってきたからです。家へ近づくにしたがって、わたしの足はいよいよ早くなりました。裏通りへはいると、月のひかりは霜を帯びて、その明るい町のどこやらに犬の吠える声が遠くきこえました。

堀川の家の門をくぐると、わたしは果して驚かされました。わたしが四谷見附まで往復するあいだに、伊佐子さんは劇薬を飲んで死んでしまったのでした。山岸はまだ帰りません。その明き部屋へはいり込んで、伊佐子さんは自殺したのです。その帯のあいだには母にあてた一通の書置を忍ばせていて、「わたしは山岸という男に殺されました」と、簡単に記してあったそうです。奥さんもびっくりしたのですが、なにしろ劇薬を飲んで死んだのですから、そのままにしておくことは出来ません。わたしの帰ったときには、あたかも警察から係官が出張して臨検の最中でした。

猫の死んだ一件を女中がうっかりしゃべったので、帰るとすぐに私も調べられました。そこへあたかも山岸がふらりと帰ってきたので、これは一応の取調べぐらいではすみません、その場から警察へ引致《いんち》されました。伊佐子さんは自殺に相違ないのですが、猫の一件があるのと、その書置に、「山岸という男に殺されました」などと書いてあるので、山岸はどうしても念入りの取調べを受けなければならないことになったのです。

警察の取調べに対して、山岸は伊佐子さんとの関係をあくまでも否認したそうです。

「ただ一度、ことしの夏の宵のことでした。わたしが英国大使館前の桜の下を涼みながらに散歩していると、伊佐子さんがあとからついてきて、一緒に話しながら小一時間ほど歩きました。そのときに伊佐子さんが、あなたはなぜ奥さんをお貰いなさらないのだと訊きましたから、幾年かかっても弁護士試験をパスしないような人間のところへ、おそらく嫁にくる者はありますまいと、わたしは笑いながら答えますと、伊佐子さんは押返して、それでも、もし奥さんになりたいという人があったらどうしますと言いますから、果してそういう親切な人があれば喜んで貰いますと答えたように記憶しています。ただそれだけのことで、その後に伊佐子さんからなんにも言われたこともなく、わたしからもなんにも言ったことはありません。」

奥さんもこう申立てたそうです。

「娘が山岸さんを恋しがっているらしいのは、わたくしも薄々察しておりまして、もし出来るものならば、娘の望みどおりにさせてやりたいと願っておりましたが、二人のあいだに何かの関係があったとは思われません。」

ふたりの申口が符合しているのをみると、伊佐子さんは単に山岸の帰郷を悲観して、いわゆる失恋自殺を遂げたものと認めるのほかないことになりました。猫を殺したのも伊佐子さんの仕業で、劇薬の効き目を試すために、わざと鰻に塗りつけて猫に食わせたのであろうと想像されました。猫の死骸を解剖してみると、その毒は伊佐子さんが飲んだものと同一であったそうです。

ただ判りかねるのは、伊佐子さんがなぜあの猫の死を証拠にして、山岸が自分たち親子を毒殺しようと企てたなどと騒ぎ立てたかということですが、それも失恋から来た一種のヒステリーであるといえばそれまでのことで、深く詮議する必要はなかったのかも知れません。

そんなわけで、山岸は無事に警察から還《かえ》されて、この一件はなんの波瀾をもまき起さずに落着《らくぢゃく》しました。ただここに一つ、不思議ともいえばいわれるのは、伊佐子さんの死骸の髪の毛が自然に変色して、いよいよ納棺というときには、老女のような白い髪に変ってしまったことです。おそらく劇薬を飲んだ結果であろうという者もありましたが、通夜の席上で奥さんはこんなことを話しました。

「あの晩、須田さんに別れて家へ帰りますと、伊佐子の姿はみえません。たった今、内へはいった筈だが、どこへ行ったのかと思いながら、茶の間の長火鉢のまえに坐る途端に、表へ自動車の停まるような音がきこえました。誰が来たのかと思っていると、それぎりで表はひっそりしています。はてな、どうも自動車が停まったようだがと、起って出てみると表にはなんにもいないのです。すこし不思議に思って、そこらを見まわしていると、女中があわてて駈け出して来て、大変だ大変だと言いますから、驚いて内へ引っ返すと、伊佐子は山岸さんの部屋のなかに倒れていました。」

ほかの人たちは黙ってその話を聴いていました。山岸もだまっていました。私だけは黙っていられないような気がしたので、その自動車は……と、言おうとして、また躊躇しました。なんにも知らない奥さんの前で、余計なことを言わない方がよかろうと思ったからです。

伊佐子さんの葬儀を終った翌日の夜行列車で、山岸は郷里のF町へ帰ることになったので、わたしは東京駅まで送って行きました。

それは星ひとつ見えない、暗い寒い宵であったことを覚えています。待合室にいるあいだに、かの自動車の一件をそっと話しますと、山岸は唯うなずいていました。そのときに私は訊きました。

「髪の白い女というのは、あなたが試験場へはいった時だけに見えるんですか、そのほかの時にも見えるんですか。」

「堀川の家《うち》へ行ってからは、平生でも時々見えることがあります。」と、山岸は平気で答えました。「今だから言いますが、その女の顔は伊佐子さんにそっくりです。伊佐子さんは死んでから、その髪の毛が白くなったというが、わたしの眼には平生から真っ白に見えていましたよ。」

わたしは思わず身を固くした途端に、発車を知らせるベルの音がきこえました。

離《り》魂《こん》病《びょう》

一

M君は語る。

これは僕の叔父から聴かされた話で、叔父が三十一の時だというから、なんでも嘉永の初年のことらしい。その頃、叔父は小石川の江戸川端《ばた》に小さい屋敷を持っていたが、その隣り屋敷に西岡鶴之助という幕臣が住んでいた。ここらは小身の御家人《ごけにん》が巣を作っているところで、屋敷といっても皆小さい。それでも西岡は百八十俵取りで、お福という妹のほかに中間《ちゅうげん》一人、下女一人の四人暮らしで、まず不自由なしに身分だけの生活をしていた。西岡は十五の年に父にわかれ、十八の年に母をうしなって、ことし二十歳《はたち》の独身者《ひとりもの》である。——と、まず彼の戸籍しらべをして置いて、それから本文に取りかかることにする。

時は六月はじめの夕方である。西岡は下谷御徒町の親戚をたずねて、その帰り途に何かの買物をするつもりで御成道《おなりみち》を通りかかると、自分の五、六間さきを歩いている若い娘の姿がふと眼についた。

西岡の妹のお福は今年十六で、瘦形の中背の女である。その娘の島田に結っている鬢《びん》付きから襟元から、四入《よつい》り青梅《おうめ》の単衣《ひとえもの》をきている後ろ姿までがかれと寸分も違わないので、西岡はすこし不思議に思った。妹が今頃どうしてここらを歩いているのであろう。なにかの急用でも出来《しゅったい》すれば格別、さもなければ自分の留守の間に妹がめったに外出する筈がない。ともかくも呼び留めてみようと思ったが、広い江戸にはおなじ年頃の娘も、同じ風俗の娘もたくさんある。迂闊に声をかけて万一それが人ちがいであった時には極まりが悪いとも考えたので、西岡はあとから足早に追いついて、まずその横顔を覗こうとしたが、夏のゆう日がまだ明るいので、娘は日傘をかたむけてゆく。それが邪魔になって、彼はその娘の横顔をはっきりと見定めることが出来なかった。さりとて、あまりに近寄って無遠慮に傘のうちを覗くことも憚《はばか》られるので、西岡は後になり先になって小半町ほども黙って跟《つ》いてゆくと、娘は近江屋という暖簾《のれん》をかけた刀屋の店先に足をとめて、内をちょっと覗いているようであったが、又すたすたと歩き出して、東側の横町へ切れて行った。

「つまらない。もうよそう。」と、西岡は思った。

それがほんとうの妹であるか無いかは、家へ帰ってみれば判ることである。夏の日が長いといっても、もうだんだんに暮れかかって来るのに、いつまで若い女のあとを追ってゆくでもあるまい。物好きにも程があると、自分で自分を笑いながら西岡は爪先の方向をかえた。

江戸川端の屋敷へ帰り着いても、日はまだ暮れ切っていなかった。庭のあき地に植えてある唐もろこしの葉が夕風に青くなびいているのが、杉の生垣のあいだから涼しそうにみえた。中間の佐助はそこらに水を打っていたが、くぐり戸をはいって来た主人の顔をみて会釈した。

「お帰りなさいまし。」

「お福は内にいるか。」と、西岡はすぐに訊いた。

「はい。」

それではやはり人ちがいであったかと思いながら、西岡は何げなく内へ通ると、台所で下女の手伝いをしていたらしいお福は、襷《たすき》をはずしながら出て来て挨拶した。毎日見馴れている妹ではあるが、兄は今更のようにその顔や形をじっと眺めると、さっき御成道で見かけたかの娘と不思議なほどに好く似ていた。やがて湯が沸いたので、西岡は行水《ぎょうずい》をつかって夕飯を食ったが、そのあいだもかの娘のことが何だか気になるので、下女にもそっと訊いてみたが、その返事はやはり同じことで、お福はどこへも出ないというのであった。

「では、どうしても他人の空似か。」

西岡はもうその以上に詮議しようとはしなかった。その日はそれぎりで済んでしまったが、それから半月ほどの後に、西岡は青山百人町の組屋敷にいる者をたずねて、やはり夕七つ半（午後五時）を過ぎた頃にそこを出た。今と違って、そのころの青山は狐や狸の巣かと思われるような草深いところであったが、それでも善光寺門前には町家がある。西岡は今やその町家つづきの往来へ差しかかると、かれは俄かにぎょっとして立停まった。自分よりも五、六間さきに、妹と同じ娘があるいていたのであった。見れば見るほど、そのうしろ姿はお福とちっとも違わないのである。おなじ不思議をかさねて見せられて、西岡は単に他人の空似とばかりでは済まされなくなった。

彼はどうしてもその正体を見定めなければならないような気になって、又もや足を早めてそのあとを追って行った。このあいだもきょうも、夕方とはいっても日はまだ明るい。しかも町家つづきの往来のまん中で、狐や狸が化かすとも思われない。どんな女か、その顔をはっきりと見届けて、それが人違いであることを確かめなければ何分にも気が済まないので、西岡は駈けるように急いでゆくと、娘はきょうも日傘をさしている。それが邪魔になってその横顔を覗くことが出来ないので、かれは苛々しながら付けてゆくと、娘はやがて権田原につづく広い草原に出た。ここは草深いが中にも草深いところで、夏から秋にかけては人も隠れるほどの雑草が高く生い茂っていて、そのあいだに唯ひと筋の細い路が開けているばかりである。娘はその細い路をたどってゆく。西岡もつづいて行った。

「人違いであったらば、あやまるまでのことだ。思い切って呼んでみよう。」

西岡も少しく焦れて来たので、ひとすじ道のうしろから思い切って声をかけた。

「もし、もし。」

娘には聞えないのか、黙って俯向いて足を早めてゆく。それを追いながら西岡は又呼んだ。

「もし、もし。お嬢さん。」

娘はやはり振向きもしなかったが、うしろから追って来る人のあるのを覚ったらしい。俄かに路をかえて草むらの深いなかへ踏み込んでゆくので、西岡はいよいよ不思議に思った。

「もし、もし。姐《ねえ》さん……お嬢さん。」

つづけて呼びながら追ってゆくと、娘のすがたはいつか草むらの奥に隠れてしまった。西岡はおどろいて駈けまわって、そこらの高い草のなかを無暗に掻き分けて探しあるいたが、娘のゆくえはもう判らなかった。西岡はまったく狐にでも化かされたような、ぼんやりした心持になった。そうして、なんだか急に薄気味悪くなって来たので、早々に引っ返して青山の大通りへ出た。

家へ帰って詮議すると、きょうもお福はどこへも出ないというのである。お福に限らず、そのころの武家の若い娘がむやみに外出する筈もないのであるから、出ないというのが本当でなければならない。そうは思いながらも、このあいだといい、きょうといい、途中で出逢ったかの娘の姿があまりお福によく似ているということが、西岡の胸に一種の暗い影を投げかけた。その以来、かれは妹に対してひそかに注意のまなこを向けていたが、お福の挙動に別に変ったらしいことも見いだされなかった。

二

西岡は一度ならず二度ならず、三度目の不思議に遭遇した。

それはあくる月の十三日である。きょうは盂蘭盆《うらぼん》の入りであるというので、西岡は妹をつれて小梅の菩提寺へ参詣に行った。残暑の強い折柄であるから、なるべく朝涼《あさすず》のうちに行って来ようというので、ふたりは明け六つ（午前六時）頃から江戸川端の家を出て、型のごとくに墓参をすませて、住職にも逢って挨拶をして、帰り途はあずま橋を渡って浅草の広小路に差しかかると、盂蘭盆であるせいか、そこらはいつもより人通りが多い。その混雑のなかを摺りぬけて行くうちに、西岡は口のうちであっと叫んだ。妹に生き写しというべき若い娘の姿が、きょうも彼の眼先にあらわれたからである。

西岡はあわてて自分のうしろを見かえると、お福はたしかに自分のあとから付いて来た。五、六間さきには彼女《かれ》と寸分違わない娘のうしろ姿がみえる。妹が別条なく自分のあとに付いている以上、所詮かの娘は他人の空似と決めてしまうよりほかはなかったが、いかになんでもそれが余りによく似ているので、西岡の不審はまだ綺麗にぬぐい去られなかった。かれは妹をみかえって小声で言った。

「あれ、御覧、あの娘を……。おまえによく似ているじゃあないか。」

扇でさし示す方角に眼をやって、お福も小声で言った。

「自分で自分の姿はわかりませんけれど、あの人はそんなにわたくしに似ているでしょうか。」

「似ているね。まったく好く似ているね。」と、西岡は説明した。「しかもきょうで三度逢うのだ。不思議じゃあないか。」

「まあ。」

とは言ったが、お福のいう通り、自分で自分の姿はわからないのであるから、かの娘がそれほど自分によく似ているかどうかを妹はうたがっているらしく、兄がしきりに不思議がっているほどに、妹はこの問題について余り多くの好奇心を挑発されないらしかった。

「ほんとうによく似ているよ。お前にそっくりだよ。」と、兄はくり返して言った。

「そうですかねえ。」

妹はやはり気乗りのしないような返事をしているので、西岡も張合い抜けがして黙ってしまったが、その眼はいつまでもかの娘のうしろ姿を追っていると、奴《やっこ》うなぎの前あたりで混雑のあいだにその姿を見失なった。きょうは妹を連れているので、西岡はあくまでもそれを追って行こうとはしなかったが、二度も三度も妹に生き写しの娘のすがたを見たということがどうも不思議でならなかった。

その晩である。西岡の屋敷でも迎い火を焚いてしまって、下女のお霜は近所へ買物に出た。日が暮れても蒸し暑いので、西岡は切子燈籠《きりこどうろう》をかけた縁先に出て、しずかに団扇《うちわ》をつかっていると、やがてお霜が帰って来て、お嬢さんはどこへかお出かけになりましたかと訊いた。いや、奥にいる筈だと答えると、お霜はすこし不思議そうな顔をして言った。

「でも、御門の前をあるいておいでなすったのは、確かにお嬢さんでございましたが……。」

「お前になにか口をきいたか。」

「いいえ。どちらへいらっしゃいますと申しましたら、返事もなさらずに行っておしまいになりました。」

西岡はすぐに起って奥をのぞいて見ると、お福はやはりそこにいた。彼女は北向きの肱掛け窓に寄りかかって、うとうとと居眠りでもしているらしかった。西岡はお霜にまた訊いた。

「その娘はどっちの方へ行った。」

「御門の前を右の方へ……。」

それを聞くと、西岡は押取刀《おっとりがたな》で表へ飛び出した。今夜は薄く曇っていたが、低い空には星のひかりがまばらにみえた。門前の右どなりは僕の叔父の屋敷で、叔父は涼みながらに門前にたたずんでいると、西岡は透かし視て声をかけた。

「妹は今ここを通りゃあしなかったかね。」

「挨拶はしなかったが、今ここを通ったのはお福さんらしかったよ。」

「どっちへ行った。」

「あっちへ行ったようだ。」

叔父の指さす方角へ西岡は足早に追って行ったが、やがて又引っ返して来た。

「どうした。お福さんに急用でも出来たのか。」と、叔父は訊いた。

「どうもおかしい。」と、西岡は溜息をついた。「貴公だから話すが、まったく不思議なことがある。貴公はたしかにお福を見たのかね。」

「今も言う通り、別に挨拶をしたわけでもなし、夜のことだからはっきりとは判らなかったが、どうもお福さんらしかったよ。」

「むむ。そうだろう。」と、西岡はうなずいた。「貴公ばかりでなく、下女のお霜も見たというのだから……。いや、どうもおかしい。まあ、こういうわけだ。」

妹に生きうつしの娘を三度も見たということを西岡は小声で話した。他人の空似といってしまえばそれ迄のことであるが、自分はどうも不思議でならない。殊に今夜もその娘が自分の屋敷の門前を徘徊していたというのはいよいよ怪しい。これには何かの因縁がなくてはならない。と思って、今もすぐに追いかけて行ったのであるが、そのゆくえは更に知れない。今夜こそは取っ捉まえて詮議しようと思ったのに又もや取逃がしてしまったかと、かれは残念そうに言った。

「むむう。そんなことがあったのか。」と、叔父もすこしく眉をよせた。「しかしそれはやっぱり他人の空似だろう。二度も三度も貴公がそれに出逢ったというのが少しおかしいようでもあるが、世間は広いようで狭いものだから、おなじ人に幾度もめぐり逢わないとは限るまいじゃないか。」

「それもそうだが……。」と、西岡はやはり考えていた。「わたしにはどうも唯それだけのこととは思われない。」

「まさか離魂病というものであるまい。」と、叔父は笑った。

「離魂病……。そんなものがある筈がない。それだからどうも判らないのだ。」

「まあ、詰まらないことを気にしない方がいいよ。」

叔父は何がなしに気休めをいっているところへ、西岡の屋敷から中間の佐助があわただしく駈け出して来た。かれは薄暗いなかに主人の立ちすがたをすかし視て、すぐに近寄って来た。

「旦那さま、大変でございます。お嬢さんが……。」

「妹がどうした。」と、西岡もあわただしく訊きかえした。

「いつの間にか冷たくなっておいでのようで……。」

西岡もおどろいたが、叔父も驚いた。ふたりは佐助と一緒に西岡の屋敷の門をくぐると、下女のお霜も泣き顔をしてうろうろしていた。お福は奥の四畳半の肱かけ窓に倚《よ》りかかったままで、眠り死にとでもいうように死んでいるのであった。勿論、すぐに医者を呼ばせたが、お福のからだは氷のように冷たくなっていて、再び温かい血のかよう人にならなかった。

「あの女はやっぱり魔ものだ。」

西岡は唸るように言った。

三

たった一人の妹をうしなった西岡の嘆きはひと通りでなかった。しかし今更どうすることも出来ないので、叔父や近所の者どもが手伝って、型の通りにお福の葬式をすませた。

「畜生。今度見つけ次第、いきなりに叩っ斬ってやる。」

西岡はかたきを探すような心持で、その後は努めて市中を出あるいて、かの怪しい娘に出逢うことを念じていたが、彼女《かれ》は再びその姿を見いだすことが出来なかった。

おなじ江戸川端ではあるが、牛込寄りのほうに猪波図書《いなみずしょ》という三百五十石取りの旗本の屋敷があった。その隠居は漢学者で、西岡や叔父はかれについて漢籍を学び、詩文の添削などをしてもらっていた。隠居は采石《さいせき》と号して、そのころ六十以上の老人であったが、今度の西岡の妹の一条についてこんな話をして聞かせた。

「その娘は他人の空似で、妹は急病で頓死、それとこれとは別々でなんにも係合いのないことかも知れないが、妹の死ぬ朝には浅草でその姿を見せて、その晩にも屋敷の門前にあらわれたということになると、両方のあいだに何かの絲を引いているようにも思われて、西岡が魔ものだというのも一応の理屈はある。しかし世の中には意外の不思議がないとは限らない。それとは少し違う話だが、仙台藩の只野あや女《じょ》、後に真葛尼《まくずに》といった人の著述で奥州咄《おうしゅうばなし》という随筆風の物がある。そのなかにこういう話が書いてあったように記憶している。

仙台藩中のなにがしという侍が或る日外出して帰って来ると、自分の部屋の机の前に自分と同じ人が坐っている。勿論、うしろ姿ではあるが、どうも自分によく似ている。はて、不思議だと思う間もなく、その姿は煙りのように消えてしまった。あまり不思議でならないので、それを母に話して聞かせると、母は忌《いや》な顔をして黙っていた。すると、それから三日を過ぎないうちに、その侍は不意に死んでしまった。あとで聞くと、その家は不思議な家筋で、自分で自分のすがたを見るときは死ぬと言い伝えられている。現になにがしの父という人も、自分のすがたを見てから二、三日の後に死んだそうだと書いてある。

わたしはそれを読んだときに、この世の中にそんなことのあろう道理がない。これは何か支那の離魂病の話でも書き直したものであろうと思っていたが、今度の西岡の一件もややそれに似かよっている。奥州咄の方では自分で自分のすがたを見たのであるが、今度のは兄が妹の姿をみたのである。しかも一度ならず二度も三度も見たばかりか、なんの係合いもない奉公人や隣り屋敷の者までがその姿を見たというのであるから、なおさら不思議な話ではないか。西岡の家にも何かそんな言い伝えでもあるかな。」

「いや、知りません。誰からもそんな話を聞いたことはございません。」と、西岡は答えた。

なるほど、その奥州咄にあるように、自分が自分のすがたを見るときは死ぬというような不思議な例があるならば、西岡の場合にもそれが当てはまらないこともない。人間の死ぬ前には、その魂がぬけ出してさまよい歩くとでもいうのかも知れないと、叔父は思った。そうなれば、これも一種の離魂病である。西岡の話によると、妹は五月の末頃からとかくに眠り勝ちで、昼間でも、うとうとと居眠りをしていることがしばしばあったというのである。

「あの話を采石先生から聞かされて、それからはなんだかおそろしくてならない。往来をあるいていても、もしや自分に似た人に出逢いはしまいかとびくびくしている。」と、西岡はその後に叔父に話した。

しかし彼は、妹によく似たかの娘に再び出逢わなかった。自分によく似た男にも出逢わなかったらしい。そうして、明治の後までも無事に生きのびた。

明治二十四年の春には、東京にインフルエンザが非常に流行した。その正月に西岡は叔父のところへ年始に来て、屠蘇《とそ》から酒になって夜のふけるまで元気よく話して行った。そのときに彼は言った。

「君も知っている通り、妹の一件のときには僕も当分はなんだか忌な心持だったが、今まで無事に生きて来て、子供たちもまず一人前になり、自分もめでたく還暦の祝いまで済ませたのだから、もういつ死んでも憾《うら》みはないよ。はははははは。」

それから半月ほども経つと、西岡の家から突然に彼の死を報じて来た。流行のインフルエンザに罹って五日ばかりの後に死んだというのである。その死ぬ前に自分で自分のすがたを見たかどうだか叔父もまさかにそれを訊くわけにもゆかなかった。遺族からも別にそんな話もなかった。

海亀《うみがめ》

一

「かぞえると三十年以上の昔になる。僕がまだ学生服を着て、東京の学校にかよっていた頃だから……。それは明治三十何年の八月、君たちがまだ生まれない前のことだ。」鬢鬚《びんひげ》のやや白くなった実業家の浅岡氏は、二、三人の若い会社員を前にして、秋雨のふる宵にこんな話をはじめた。

そのころ、僕は妹の美智子と一緒に、本郷の親戚の家に寄留して、僕はMの学校、妹はA女学校にかよっていた。僕は二十二、妹は十八——断って置くが、その時代の若い者は今の人たちよりも、よっぽど優《ま》せていたよ。

七月の夏休みになって、妹の美智子は郷里へ帰省する。僕の郷里は山陰道で、日本海に面しているHという小都会だ。僕は毎年おなじ郷里へ帰るのもおもしろくないので、親しい友人と二人づれで日光の中禅寺湖畔でひと夏を送ることにした。美智子は僕よりもひと足さきに、忘れもしない七月の十二日に東京を出発したので、僕は新橋駅まで送って行ってやった。

言うまでもなく、その日は盆の十二日だから草市《くさいち》の晩だ。銀座通りの西側にも草市の店がならんでいた。僕は美智子の革包《かばん》をさげ、妹は小さいバスケットを持って、その草市の混雑のあいだを抜けて行くと、美智子は僕をみかえって言った。

「ねえ、兄さん。こんな人込みの賑やかな中でも、盆燈籠はなんだか寂しいもんですね。」

「そうだなあ。」と、僕は軽く答えた。

あとになってみると、そんなことでも一種の予覚というような事が考えられる。美智子はやがて盆燈籠を供えられる人になってしまって、彼女と僕とは永久の別れを告げることになったのだ。

妹が出発してから一週間ほどの後に、僕も友人と共に日光の山へ登って——最初は涼しいところで勉強するなどと大いに意気込んでいたのだが、実際はあまり勉強もしなかった。湖水で泳いだり、戦場ケ原のあたりまで散歩に行ったりして、文字通りにぶらぶらしていると、妹が帰郷してから一ヵ月あまりの後、八月十九日の夜に、僕は本郷の親戚から電報を受取った。帰省ちゅうの美智子が死んだから直ぐに帰れというのだ。僕もおどろいた。

なにしろそのままには捨て置かれないと思ったので、僕は友人を残して翌日の早朝に山をおりた。東京へ帰って聞きただすと、本郷の親戚でも単に死亡の電報を受取っただけで詳しいことは判らないが、おそらく急病であろうというのだ。誰でもそう思うのほかはない。残暑の最中であるから、コレラというほどではなくても、急性の胃腸加答児《カタル》のような病気に襲われたのではないかという噂もあった。ともかくも僕はすぐに帰郷することにして東京を出発した。ひと月前に妹を新橋駅に送った兄が、ひと月後にはその死を弔らうべく同じ汽車に乗るのだ。草市のこと、盆燈籠のこと、それらが今さら思い出されて、僕も感傷的の人とならざるを得なかった。

帰郷の途中はただ暑かったというだけで、別に話すほどのこともなかったが、その途中で僕が考えたのは「清《きよし》がさぞおどろいて失望しているだろう。」ということだ。僕の実家は海産物の問屋で、まず相当に暮らしている。そのとなりの浜崎という家《うち》もやはり同商売で、これもまあ相当に店を張っている。浜崎と僕の家とは親戚関係になっていて、浜崎の息子と僕たちとは従弟《いとこ》同士になっているのだ。

浜崎のひとり息子の清というのは大阪の或る学校を卒業して、今は自分の家の商売をしている。清と美智子とは従弟同士の許婚《いいなずけ》といったようなわけで、美智子がAの女学校を卒業すると、浜崎の家へ嫁入りする筈になっているのは、すべての人が承認しているのだ。今度も新橋でわかれる時に、「清君によろしく。」と言ったら、美智子は少し紅い顔をしていた。美智子は帰郷して清に逢ったに相違ない。となり同士だからきっと逢っているに決まっている。その美智子が突然に死んだのだから、清はどんなに驚いているか、どんなに悲しんでいるか、それを思うと僕の頭はいよいよ暗くなった。

もちろん葬式の間に合わないのは僕も覚悟していたが、殊に暑い時季であったために、葬式はもうおとといの夕方に執行されたということを、僕は実家の閾《しきい》をまたぐと直ぐに聞いた。

「じゃあ、早く墓参りに行って来ましょう。」

「ああ、そうしておくれ。美智子も待っているだろう。」と、母は眼をうるませて言った。

旅装のままで――といったところで、白飛白《しろがすり》の単衣《ひとえもの》に小倉《こくら》の袴をはいただけの僕は、麦わら帽に夕日をよけながら、菩提寺《ぼだいじ》へいそいで行った。地方のことだから、寺は近い。それでも町から三町あまりも引っ込んだところで、桐の大木の多い寺だ。寺の門をくぐって、先祖代々の墓地へゆきかかると、その桐の木にひぐらしがさびしく鳴いていた。見ると、妹の墓地の前――新ぼとけをまつる卒塔婆《そとば》や、白張《しらはり》提灯や、樒《しきみ》や、それらが型のごとくに供えられている前に、ひとりの男がうつむいて拝んでいた。そのうしろ姿をみて、僕はすぐに覚った。彼はとなりの息子の清に相違ない。顔を合せたらまず何と言ったものか、そんなことを考えながらしずかに歩みよると、彼は人の近寄るのを知らないように暫く合掌していた。それを妨げるに忍びないので、僕は黙って立っていた。

やがて彼は力なげに立上がって、はじめて僕と顔を見合せると、なんにも言わずに僕の両腕をつかんだ。そうして、子供のように泣きだした。清は僕よりも年上の二十四だ。大の男がその泣き顔は何事だと言いたいところだが、この場合、僕もむやみに悲しくなって、二人は無言でしばらく泣いていた。いや、お話にならない始末だ。

それから僕は墓前に参拝して、まだ名残り惜しそうに立っている清をうながすようにして、寺を出た。そこで僕は初めて口を開いた。

「どうも突然でおどろいたよ。」

「君もおどろいたろう。」と、清は俄かに昂奮するように言った。「話を聴いただけでもおどろくに相違ない。いや、誰だっておどろく……。ましてそれを目撃した僕は……僕は……。」

「目撃した……、君は妹の臨終に立会ってくれたのかね。」

「君は美智子さんが、どうして死んだのか……。それをまだ知らないのか。」

「実はいま着いたばかりで、まだなんにも知らないのだ。」と、僕は言った。「いったい、妹はどうして死んだのだ。」

「君はなんにも知らない……。」と、彼はちょっと不思議そうな顔をしたが、やがて又、投げ出すように言った。「いや、知らない方がいいかも知れない。」

「じゃあ、美智子は普通の病気じゃあなかったのか。」

「勿論だ。普通の病気なら、僕はどんな方法をめぐらしても、きっと全快させて見せる。君の家だって出来るかぎりの手段を講じたに相違ない。しかも相手は怪物だ、海の怪物だ。それが突然に襲って来たのだから、どうにも仕様がない。」と、彼は拳《こぶし》を握りしめながら罵《ののし》るように叫んだ。

「君、まあ落ちついて話してくれたまえ。それじゃあ美智子はなにか変った死に方をして、君もその場に一緒に居合せたのだね。」

「むむ、一緒にいた。最後まで美智子さんと一緒にいたのだ。いっそ僕も一緒に死にたかったのだが……。どうして僕だけが生きたのだろう。」と、彼はいよいよ昂奮した。

「君はおそらく迷信家じゃあるまい。僕も迷信は断じて排斥する人間だ。その僕が迷信家に屈伏するようになったのだ。僕は今でも迷信に反対しているのだが、それでも周囲のものどもは、僕が屈伏したように認めているのだ。」

彼は一体なにを言っているのか、僕には想像が付かなかった。

二

「まあ、聞いてくれたまえ。」と、清はあるきながら話し出した。「君も知っているだろうが、ここらじゃあ旧暦の盂蘭盆《うらぼん》には海へ出ないことになっている。出るとかならず災難に遭うというのだ。一体どういうわけで、昔からそんなことを言い伝えているのか知らないが、おそらく盆中は内にいて、漁などの殺生《せっしょう》を休めという意味で、誰かがそんなことを言いだしたのだろう。僕はそう思って、今まで別に気にも留めていなかった。ところで、美智子さんがこの夏ここへ帰って来てから、夜も昼も一緒に小舟に乗って、二人はたびたび海へ遊びに出ていたのだ。ねえ、君。別に珍らしいことはないだろう。」

「むむ。」と、僕はうなずいた。夏休みで帰郷した美智子は、さだめて清と舟遊びでもしているだろうと、僕はかねて想像していたのであるから、この話を聞いても別に怪しみもしなかった。

「そのうちに、今月の十七日が来た。十七日は旧暦の盂蘭盆に当るので、ここらでは商売を休んでいる家《うち》も随分あった。浜では盆踊りも流行《はや》っていた。その日は残暑の強い日だったが、日が暮れてから涼しい風がそよそよ吹いて来た。いつものとおり小舟に乗って海で、夕飯をすませてから僕は美智子さんを誘い出して、いつものとおり小舟に乗って海へ出ようとすると、僕のうちの番頭──あの禿《はげ》あたまの万兵衛が変な顔をして、今夜は盆の十五日だから海へ出るのはお止しなさいと言うのだ。

盂蘭盆がなんだ、盂蘭盆の晩でも、大阪商船会社の船は出たり這入ったりしているじゃあないかと、僕は腹のなかで笑いながら、そしらぬ顔で表へ出ると、万兵衛は強情に追っかけてきて、漁師の舟さえ今夜は休んでいるんだから、遊びの舟なぞはなおさら遠慮しろというのだ。勿論、僕がそんなことを取合う筈もない。あたまから叱りつけて出ようとすると、美智子さんは女だから、万兵衛にむかって、すぐ帰って来るから安心してくれとなだめるように言い聞かせて、二人はまあ浜辺へ出たのだ。」

こう言いながら、清は路ばたに咲いている桔梗《ききょう》のひと枝を切り取った。どこやらでひぐらしの声がまたきこえた。

彼は薄むらさきの花をながめながら又話し出した。

「君も知っている通り、浜辺の砂地には僕の家《うち》の小舟が引揚げてある。それをおろして、僕は美智子さんと一緒に乗込んだ。今に始まったことじゃあないから、そんなことは詳しく説明するまでもあるまい。僕が櫂《かい》をとって海へ漕ぎだすと、今夜は空が晴れている。星がでる、月がでる。浪はおだやかで、風は涼しい。これまで美智子さんと幾たびか海へ出たが、こんなにいい晩は一度もなかった。二人は非常に愉快になって、舟舷《ふなばた》をたたきながら声をそろえて歌った。振り返ってみると、浜辺の町の灯は低く沈んで、水にひびく盆踊りの歌ごえも微かになって、自分たちの舟がもう余程遠く来ているのに気がついたが、それでも僕は頓着なしに漕いで行った。子供の時からここに育って、海には馴れているからね。そのうちに美智子さんはこんなことを言い出した。

『一体、盂蘭盆の晩に舟を出しては悪いなんて、誰が言いはじめたんでしょうねえ。』

僕はそれに答えて、前にいった通り『おそらく盂蘭盆の晩にはみんな内にいて、殺生の漁を休めというのでしょう。』と言うと、美智子さんは急に沈んだように溜息をついて

『そんなことならようござんすけれど、番頭さんの言うとおり今夜海へ出るのは悪いんじゃないでしょうか。伝説だの、迷信だのといいますけれど、昔から悪いということは多年の経験から出ているんでしょうから……。』と、こう言うのだ。

ねえ、君。美智子さんは迷信家でもなければ、気の弱い人でもない、ふだんから理智的な、活潑な女性だ。それが禿あたまの番頭の口真似をするように、なんだか変なことを言い出したので、僕は少し不思議になった。今まで元気よく歌っていた人が急に溜息

をついて憂鬱になって来たのだから、どうもおかしい。」

彼はこう言いかけて、自分も低い溜息をつきながら手に持っている桔梗の花を軽く投げ捨てた。

「それからどうしたね。」と、僕は催促するように訊いた。

「それから……。僕はこう言った。『多年の経験というけれども、多年のあいだには盂蘭盆の晩に海へ出て、一度や二度は偶然に何かの災難に遭った者がなかったとも限らない。その偶然の出来事を証拠にして、いつでもきっと有るように考えるのは間違いですよ。』——けれども、美智子さんは承知しないで、更にこんなことを言い出したんだ。『たとい偶然にしても、その偶然の出来事に今夜も出逢わないとは限りますまい。』——そういえばそんなものだが、なにしろ美智子さんがこんなことを言い出すのは、ふだんに似合わないことだ。しかし、いつまで議論をしても果てしがないから、僕はさからわずに舟を戻すことにした。

その時だ。櫂を把《と》っている僕の手を美智子さんはしっかり掴んで『あれ、あれ……人魚が……人魚が。』と言う。なんだろうと思って見かえると、なんにも見えない。月は皎々《こうこう》と明るく、海の上は一面に光っている。それでも僕の眼にはなんにも見えないのだ。美智子さんはさっきから変なことばかり言うから、これも何かの幻覚か錯覚だろうと思って、深くは気にも留めずにともかくも漕ぎ戻すことにすると、美智子さんはなんだか物にでも憑《つ》かれたように、発作的に気でも狂ったように、いつまでも僕の手を強く摑んで放さないで『あれ又……。あれ、人魚が……。』と繰返して言う。なにしろ僕の手を摑んでいられては、櫂を漕ぐことができない。舟は一つところに漂っているばかりだ。さあ、その時……。僕も見た……。僕も見た。」

清は僕の腕をつかんで強く小突《こづ》くのだ。ちょうど美智子が彼の手を摑んだように……。僕は小突かれながらも慌てて訊いた。

「君も見た……。なにを見たのだ。」

「月に光っている海の上に……。」と、清はその時のさまを思い出したように息をはずませた。「海の上に……。人の顔……人の顔が見えたのだ。浪のあいだから頭をあらわして……。」

「たしかに人の顔に見えたのか。」

「むむ。人の顔……。美智子さんのいう通りだ。」

「海亀だろう。」と、僕は言った。

海亀――いわゆる正覚坊《しょうがくぼう》には青と赤の二種がある。青い海亀はもっぱら小笠原島附近で捕獲されるが、日本海方面に棲息するのは赤海亀の種類だ。赤といっても赤褐色だが、時にはずいぶん巨大なのを発見することがある。清の話を聴きながら、僕はすぐに赤海亀を思い出した。彼も美智子も一種の錯覚か妄覚にかかって、浪のあいだから首を出した大きい海亀を見あやまって、人の顔だとか人魚だとか騒いだのだろうと想像した。果して彼はうなずいた。

「むむ、海亀……。そう気がつくまでは、美智子さんばかりでなく、僕も人の顔だと思ったのだ。君だってその場にいたら、きっと人の顔……すなわち人魚があらわれたと思うに相違ないよ。美智子さんは人魚だ人魚だと言う。僕も一旦そう信じて、驚異の眼をみはって見つめていると、人の顔はやがて浪に沈んだかと思うと、また浮き出した。さあ、大変……。僕の驚異はにわかに恐怖に変ったのだ。多年ここらの海に出ているものでも、おそらく僕たちのような怖ろしい目に出逢ったものはあるまい。」

彼は戦慄に堪えないように身をふるわせた。

三

今までは清も僕もしずかにあるきながら話して来たのだが、話がここまで進んで来ると、彼はもう歩かれなくなったらしい。路ばたに立ちどまって話しつづけた。

「君は海亀だろうと無雑作にいうが、その海亀がおそろしい。僕も一時の錯覚から眼が醒めて、人魚の正体は海亀であることを発見したが、美智子さんはやはり人魚だというのだ。まあそれはそれとして、僕に異常の恐怖をあたえたのは、その海亀が浪のあいだから最初は一匹、つづいて二匹、三匹……。五匹……。十匹……。だんだんに現われて来て、僕たちの舟を取囲んでしまったのだ。海はおだやかで、波はほとんど動かない。その渺茫《びょうぼう》たる海の上で、美智子さんと僕のふたりは海亀の群れに包囲されて、どうしていいかわからなくなった。

一体かれらは僕たちの舟を囲んでどうするつもりかと見ていると、小さい海亀がまた続々あらわれて来て、僕たちの舟へ這いあがって来るのだ。平生ならば、小さな海亀などは別に問題にもならないのだが、美智子さんは無暗に怖がる、僕もなんだか不安に堪えられなくなって、手あたり次第にその亀を引っ摑んで、海のなかへ投げこんだ。ただ投げ込むばかりでなく、それを礫《つぶて》にして大きい奴にたたきつけて、一方の血路をひらこうと考えたのだ。それは相当に成功したらしいが、何をいうにも敵は大勢だ。小さい舟の右から左から、艫《とも》からも舳《みよし》からも、大小の海亀がぞろぞろ這いこんで来る。かれらは僕たちを啖《くら》うつもりだろうか。ここらの海亀は蝦《えび》や蟹を啖うが、人間を啖ったという話をきかない。しかしこんなに多数の海亀に襲われると、僕たちも危険を感ぜずにはいられなくなった。僕もしまいには闘い疲れてしまった。美智子さんはもう死んだようになっている。かれらはほとんど無数というほどに増加して、舟の周囲に一面の甲羅をならべたのが月の光りにかがやいて見える……。君がこういう奇異に遭遇したらどうするか。僕は疲労と恐怖で身動きも出来なくなった。」

成程これは困ったに相違ないと、僕も同情した。同情を通り越して、僕もなんだか体の血が冷たくなったように感じられて来た。おそらく顔の色も幾分か変ったかも知れない。

「その場合、君にしても櫂を取って防ぐくらいの知恵しか出ないだろう。」と、清はあざわらうように言った。「そんな常識的な防禦《ぼうぎょ》法で、この怪物……人魚以上の怪物が撃退されると思うか。駄目だ、駄目だ。精神的にも肉体的にも戦闘能力を全然奪われてしまって、僕は敗軍の兵卒のようにただ茫然としているあいだに、無数の敵は四方から僕の舟に乗込んで来た。どういうふうに攀《よ》じのぼって来たのか、僕もよく知らないが、ともかくも続々乗込んで来たのだ。こうなると、誰にでも考えられることは海亀の重量だ。大きい海亀は何貫目の重量があるか、君も知っているだろう。それが無数に乗込んで来て、しかも一匹の甲羅の上に他の一匹が乗る、又その上に一匹が乗るという始末で、かさなりあって乗るのだから堪らない。大石を積んだ小舟とおなじように、僕たちの舟はだんだんに沈んで行くのほかはない。無益とは知りながら、僕は血の出るような声を振りしぼって救いを呼びつづけたが、なにぶんにも岸は遠い。僕の必死の叫び声も、いたずらに水にひびいて消えてゆくばかりだ。これが平生の夜ならば、沖に相当の漁船も出ているのだが、いかんせん今夜は例の迷信で、広い海に一艘の舟も見えない。浜の者どもは盆踊りで夢中になっているらしい。僕たちが必死に苦しみもがいているのを、黙って眺めているのは今夜の月と星ばかりだ。僕たちの無抵抗をあざけるように、敵はいよいよ乗込んで来る。舟は重くなる。舟舷《ふなべり》から潮水がだんだんに流れ込んで来る。最後の運命はもう判り切っているので、僕は観念の眼をとじて美智子さんを両手にしっかりと抱いた。子供の時からこの海岸に育った僕だ。これが僕一個であったらば、たとい岸が遠いにもしろ、この場合、運命を賭して泳ぐということもあるが、美智子さんを捨ててゆくことはできない。二人が抱き合ったままで、舟と共に沈もうと決心して……。これも一種の心中だと思って……。それからさきは夢うつつで……。」

「そうすると、結局は舟が沈んで……。君だけが助かって、妹は死んだというわけだね。」

「残念ながら事実はそうだ。」と、清は苦しそうな息をついた。「おそろしい悪夢からさめた時には、僕たちふたりは浜辺に引揚げられていた。あとで聞くと、僕たちの帰りの遅いのを心配して、番頭の万兵衛がまず騒ぎだして、捜索の舟を出してくれたので、海のなかに浮きつ沈みつ漂っている僕たちが救われたというわけだ。なんといっても僕は水ごころがあるから、たくさんの水を飲まなかったので容易に恢復《かいふく》したが、美智子さんはだめだった。いろいろ手を尽くしたが、どうしても息が出ないのだ。こんなことになるなら、僕もいっそ恢復しない方がましだったのだ。なまじい助けられたのが残念でならない。僕たちの小舟はあくる朝、遠い沖で発見されたが、海亀はどうしてしまったか一匹も見えなかったそうだ。」

「死んだものは、まあ仕方がないとして、君のからだはその後どうなのだ。もう出歩いてもいいのか。」と、僕は慰めるように訊いた。

「僕はその翌日寝ただけで、もう心配するようなことはない。美智子さんの葬式にもぜひ参列したいと思ったのだが、みんなに止められて拠《よ》んどころなく見合せたので、きょうは思い切って墓参りに出て来たのだ。幾度いっても同じことだが、僕は生きたのが幸か不幸かわからない。僕は昔からの迷信を裏書きするために、美智子さんを犠牲にしたようなものだ。」

彼の蒼白い頰には涙がながれていた。

「僕も迷信者になりたくない。それは美智子の言った通り、君たちが不幸にして偶然の出来事に出逢ったのだ。」と、僕はふたたび慰めるように言った。

この話はこれぎりだ。盂蘭盆の晩に舟を出すとか出さないとかいうのは、もちろん迷信に相違ないが、海亀の群れがなぜその舟を沈めに来たのか、それは判らない。かれらは時々に水を出て甲をほす習慣があるから、そんなつもりで舟へ這いあがったのかとも思われるが、正覚坊に舟を沈められたというような話はかつて聞いたことがないと、土地の故老が言っていた。更にかんがえると、普通の亀ならば格別、海亀が船中に這い込んだというのは僕の腑に落ちかねるが、なにぶん現場を目撃したのでないから、ともかくも本人の直話を信用するのほかはなかった。

百物語《ひゃくものがたり》

今から八十年ほどの昔――と言いかけて、O君は自分でも笑い出した。いや、もっと遠い昔になるのかも知れない。なんでも弘化元年とか二年とかの九月、上州《じょうしゅう》の或る大名の城内に起った出来事である。

秋の夜に若侍どもが夜詰《よづ》めをしていた。きのうからの雨がふりやまないで、物すごい夜であった。いつの世もおなじことで、こういう夜には怪談のはじまるのが習いである。そのなかで、一座の先輩と仰がれている中原武太夫という男が言い出した。

「むかしから世に化け物があるといい、無いという。その議論まちまちで確かに判らない。今夜のような晩は丁度あつらえ向きであるから、これからかの百物語というのを催して、妖怪が出るか出ないか試してみようではないか。」

「それは面白いことでござる。」

いずれも血気の若侍ばかりであるから、一座の意見すぐに一致して、いよいよ百物語をはじめることになった。まず青い紙で行燈《あんどう》の口をおおい、定めの通りに燈心百すじを入れて五間《いつま》ほど距《はな》れている奥の書院に据えた。そのそばには一面の鏡を置いて、燈心をひと筋ずつ消しにゆくたびに、必ずその鏡のおもてを覗いてみることという約束であった。勿論、そのあいだの五間にはともしびを置かないで、途中はすべて暗がりのなかを探り足でゆくことになっていた。

「一体、百ものがたりという以上、百人が代るがわるに話さなければならないのか。」

それについても種々の議論が出たが、百物語というのは一種の形式で、かならず百人にかぎったことではあるまいという意見が多かった。実際そこには百人のあたま数が揃っていなかった。しかし物語の数だけは百箇条を揃えなければならないというので、くじ引きの上で一人が三つ四つの話を受持つことになった。それでもなるべくは人数が多い方がいいというので、いやがる茶坊主どもまでを狩りあつめて来て、夜の五つ（午後八時）頃から第一番の浦辺四郎七という若侍が、まず怪談の口を切った。

なにしろ百箇条の話をするのであるから、一つの話はなるべく短いのを選むという約束であったが、それでも案外に時が移って、かの中原武太夫が第八十三番の座に直ったのは、その夜ももう八つ（午前二時）に近い頃であった。中原は今度で三度目であるから、持ちあわせの怪談も種切れになってしまって、ある山寺の尼僧と小姓とが密通して、ふたりともに鬼になったとかいう紋切形の怪談を短く話して、奥の行燈の火を消しに行った。

前にもいう通り、行燈のある書院までゆき着くには、暗い広い座敷を五間通りぬけなければならないのであるが、中原は最初から二度も通っているので、暗いなかでも大抵の見当は付いていた。彼は平気で座を起って、次の間の襖をあけた。暗い座敷を次から次へと真っ直ぐに通って、行燈の据えてある書院にゆき着いたときに、ふと見かえると、今通って来たうしろの座敷の右の壁に何やら白いものが懸かっているようにぼんやりと見えた。引っ返してよく見ると、ひとりの白い女が首でも縊《くく》ったように天井から垂れ下がっているのであった。

「なるほど、昔から言い伝えることに嘘はない。これこそ化け物というのであろう。」

と中原は思った。

しかし彼は気丈の男であるので、そのままにして次の間へはいって、例のごとくに燈心をひとすじ消した。それから鏡をとって透かしてみたが、鏡のおもてには別に怪しい影も映らなかった。帰るときに再び見かえると、壁のきわにはやはり白いものの影がみえた。

中原は無事にもとの席へ戻ったが、自分の見たことを誰にも言わなかった。第八十四番には筧甚五右衛門《かけい》というのが起って行った。つづいて順々に席を起ったが、どの人もかの怪しいものについて一言もいわないので、中原は内心不思議に思った。さてはかの妖怪は自分ひとりの眼にみえたのか、それとも他の人々も自分とおなじように黙っているのかと思案しているうちに、百番の物語はとどこおりなく終った。百すじの燈心はみな消されて、その座敷も真の闇となった。

中原は試みに一座のものに訊いた。

「これで百物語も済んだのであるが、おのおののうちに誰も不思議をみた者はござらぬか。」

人々は息をのんで黙っていると、その中でかの筧甚五右衛門がひと膝すすみ出て答えた。

「実は人々をおどろかすも如何《いかが》と存じて、先刻から差控えておりましたが、拙者は八十四番目のときに怪しいものを見ました。」

ひとりがこう言って口を切ると、実は自分も見たという者が続々あらわれた。だんだん詮議すると、第七十五番の本郷弥次郎という男から始まって、その後の人は皆それを見たのであるが、迂闊に口外して臆病者と笑われるのは残念であると、誰も彼も素知らぬ顔をしていたのであった。

「では、これからその正体を見届けようではないか。」

中原が行燈をともして先に立つと、他の人々も一度につづいて行った。今までは薄暗いのでよく判らなかったが、行燈の灯に照らしてみると、それは年のころ十八九の美しい女で、白無垢のうえに白縮緬《ちりめん》のしごきを締め、長い髪をふりみだして首をくっているのであった。こうして大勢に取りまかれていても、そのまま姿を変じないのを見ると、これは妖怪ではあるまいという説もあったが、多数の者はまだそれを疑っていた。ともかくも夜のあけるまではこうして置くがいいというので、あとさきの襖を厳重にしめ切って、人々はその前に張番をしていると、白い女はやはりそのままに垂れ下がっていた。そのうちに秋の夜もだんだんに白《しら》んで来たが、白い女の姿は消えもしなかった。

「これはいよいよ不思議だ。」と、人々は顔を見あわせた。

「いや、不思議でない。これはほんとうの人間だ。」と、中原が言い出した。

初めから妖怪ではあるまいと主張していた連中は、それ見たことかと笑い出した。しかしそれがいよいよ人間であると決まれば、打捨ては置かれまいと、人々も今更のように騒ぎ出して、とりあえず奥掛りの役人に報告すると、役人もおどろいて駈け付けた。

「や、これは島川どのだ。」

島川というのは、奥勤めの中老で、折りふしは殿のお夜伽《よとぎ》にも召されるとかいう噂のある女であるから、人々は又おどろいた。役人も一旦は顔色を変えたが、よく考えてみると、奥勤めの女がこんなところへ出てくる筈がない。なにかの子細があって自殺したとしても、こんな場所を選む筈がない。第一、奥と表との隔てのきびしい城内で、中老ともあるべきものが何処をどう抜け出して来たのであろう。どうしてもこれは本当の島川ではない。他人の空似か、あるいはやはり妖怪の仕業か、いずれにしても粗忽に立ち騒ぐこと無用と、役人は人々を堅く戒めて置いて、さらにその次第を奥家老に報告した。

奥家老下田治兵衛もそれを聴いて眉をしわめた。ともかくも奥へ行って、島川どのにお目にかかりたいと言い入れると、ゆうべから不快で臥《ふ》せっているからお逢いは出来ないという返事であった。さては怪しいと思ったので、下田は押返して言った。

「御不快中、はなはだお気の毒でござるが、是非ともすぐにお目にかからねばならぬ急用が出来《しゅったい》いたしたれば、ちょっとお逢い申したい。」

それでどうするかと思って待ち構えていると、本人の島川が自分の部屋から出て来た。なるほど不快のていで顔や形もひどく窶《やつ》れていたが、なにしろ別条なく生きているので、下田もまず安心した。なんの御用と不思議そうな顔をしている島川に対しては、いい加減の返事をして置いて、下田は早々に表に出てゆくと、かの白い女のすがたは消えてしまったというのである。中原をはじめ、他の人々も厳重に見張っていたのである、それがおのずと煙りのように消え失せてしまったというので、下田も又おどろいた。

「島川どのは確かに無事。してみると、それはやはり妖怪であったに相違ない。かようなことは決して口外しては相成りませぬぞ。」

初めは妖怪であると思った女が、中ごろには人間になって、さらにまた妖怪になったので、人々も夢のような心持であった。しかしその姿が消えるのを目前に見たのであるから、誰もそれを争う余地はなかった。百物語のおかげで、世には妖怪のあることが確かめられたのであった。

その本人の島川は一旦本復《ほんぶく》して、相変らず奥に勤めていたが、それからふた月ほどの後に再び不快と言い立てて引籠っているうちに、ある夜自分の部屋で首をくって死んだ。前々からの不快というのも、なにか人を怨むすじがあった為であると伝えられた。してみると、さきの夜の白い女は単に一種の妖怪に過ぎないのか。あるいはその当時から島川はすでに縊死《いし》の覚悟をしていたので、その生霊《いきりょう》が一種のまぼろしとなって現われたのか。それはいつまでも解かれない謎であると、中原武太夫が老後に人に語った。これも前の話の離魂病のたぐいかも知れない。

妖《よう》婆《ば》

一

「番町の番町知らず」という諺《ことわざ》さえある位であるから、番町の地理を説明するのはむずかしい。江戸時代と東京時代とは町の名称がよほど変っている。それが又、震災後の区劃《くかく》整理によってさらに変更されるはずであるから、現代の読者に対して江戸時代の番町の説明をするなどは、いたずらに人をまご付かせるに過ぎないことになるかも知れない。

その理由で、わたしはここで番町という土地の変遷《へんせん》などについて、くだくだしく説明することを避けるつもりであるが、ただこの物語の必要上、今日の一番町は江戸時代の新道五番町（略して新五番町ともいう）と二番町、濠端《ほりばた》一番町を含み、上二番町と下二番町は裏二番町通り、麴町谷町北側、表二番町通り南側を含み、五番町は濠端一番町の一部と五番町を合せているのである事だけを断って置きたい。そうして、この辺はほとんどみな大名屋敷か旗本屋敷、ことに旗本屋敷の多かったことをも断って置かなければならない。なぜならば、この物語は江戸時代の嘉永四年正月に始まるからである。

この年の正月は十四日から十七日まで四日間の雪を見た。勿論、そのあいだに多少の休みはあったが、ともかくも四日も降りつづいたのは珍らしいといわれて、故老の話し草にも残っている。その二日目の十五日の夜に、麴町谷町の北側、すなわち今日の下二番町の高原織衛という旗本の屋敷で、歌留多《カルタ》の会が催された。あつまって来た若侍は二十人余りであったが、そのなかで八番目に来た堀口弥三郎は、自分よりもひと足さきに来ている神南佐太郎に訊いた。

「おい、神南。貴公は鬼ばばで何か見なかったか。」

「鬼ばばで……。」と、神南は少し考えていたが、やがてうなずいた。「うむ、道ばたに婆が坐っていたようだったが……。」

「それからどうした。」

「どうするものか、黙って通って来た。」と、神南は事もなげに答えた。

十三番目に森積嘉兵衛が来た。その顔をみると堀口はまた訊いた。

「貴公は鬼ばばで何か見なかったか。」

「あの横町に婆が坐っていた。」

「それからどうした。」

「乞食だか何だか知らないが、この雪の降る中に坐っているのは可哀そうだったから、小銭を投げてやって来た。」と、森積は答えた。

「それは貴公にはめずらしい御奇特《きとく》のことだな。」と、神南は笑った。「しかし考えてみると不思議だな。この雪のふる晩に、あんな人通りの少ないところに、なんだって坐っているのだろう。頭から雪だらけになっていたようだ。」

「むむ、不思議だ。それだから貴公たちに訊いているのだ。」と、堀口は子細らしく考えていた。

「堀口はしきりに気にしているようだが、一体その婆がどうしたというのだ。」と、主人の織衛も喙《くち》をいれた。

「いや、御主人。実はこういうわけです。」と、堀口は向き直って説明した。「ただいま御当家へまいる途中で、あの鬼婆横町を通りぬけると、丁度まんなか頃の大溝《おおどぶ》のふちに一人の婆が坐っているのです。なにしろ頭から一面の雪になっているので、着物などは何を着ているのか判らない。唯からだじゅうが真っ白に見えるばかりですから、わたしも最初は雪達磨《だるま》が出来ているのかと思ったくらいでしたが、近寄ってよく見ると、確かに生きている人間で、雪の中に坐ったままで微かに息をついているのです。」

「病気で動かれなくなったのではないかな。」と、織衛は言った。

「わたしもそう思ったので、立ちどまって声をかけて、おい、どうしたのかと言うと、その婆のすがたは消えるように見えなくなってしまったのです。なにしろ薄暗いなかで、雪明かりを頼りにぼんやり見たのですから自分にも確かなことは判りません。もしや自分の空目《そらめ》かと思ったのですが、どうもそうばかりではないらしく、一人の婆が真っ白な姿で路ばたに坐っていたのは本当のように思われてならないのです。それで、あとから来たものを一々詮議しているのですが、神南も見たと言い、森積も見たと言うのですから、もう疑うことはありません。やはりその婆が坐っていたのです。」

堀口が不思議そうに説明するのを聞いて、織衛も眉をよせた。

「その婆が坐っていたのはいいとして、貴公が近寄ると消えてしまったというのは少しおかしいな。森積、貴公が銭をなげてやったらその婆はどうした。」

その問いに対して、森積嘉兵衛ははっきりと答えることが出来なかった。彼は雪中に坐っている老婆に幾らかの小銭を投げ与えたままで、ろくろくに見返りもせずに通り過ぎてしまったのであるから、老婆が喜んだか怒ったか、あるいは銭を投げられると共に消え失せてしまったか、それらの事は見届けなかったと彼は言った。

堀口が声をかけて立寄ると、老婆のすがたは消え失せた。最初の神南は係り合わずに通り過ぎた。十三番目の森積は銭をなげて通った。いずれにしても、この雪のふる宵に、ひとりの老婆が路ばたに坐っていたのは事実である。それが第一におかしいではないかと、一座の人々も言い出した。織衛のせがれ余一郎が念のために見届けに行って来ようかと起ちかかるのを、父は制した。

「まあ、待て。わざわざ見届けに行くほどのこともあるまい。まだ後から誰か来るだろう。」

高原の屋敷へ来る者はかならずその道を通るとは限らない。前にいった新五番町や濠端一番町方面に住んでいる者が、近道を取るために通りぬけるのであるから、神南、堀口、森積の三人以外に、誰がその道を通るかと数えると、同じ方向から来る者のうちに石川房之丞があった。

「石川もやがて来るだろうから、その話を聞いた上のことだ。」と、織衛は言った。

そのうちに他の人々もおいおいに集まって来たが、石川はまだ見えなかった。これが常の場合ならば、遅参の一人や二人は除《の》け者にして、すぐに歌留多に取りかかるのであるが、今夜にかぎってどの人も石川の来るのが待たれるような心持で、彼の顔を見ないうちは誰も歌留多を始めようと言い出した者もなかった。歌留多の会が百物語の会にでも変ったように、一種の暗い空気がこの一座を押し包んで、誰も彼もみな黙っていた。十畳と八畳の二間をぶち抜いた座敷の真ん中に、三つの大きい燭台の灯が気のせいかぼんやりと曇って、庭先の八つ手の葉にさらさらと舞い落ちる雪の音が静かにきこえた。

日の暮れた後、ひとりの老婆が雪の降る路ばたに坐っていたというのは、なるほど不思議といえば不思議であるが、さらに人々を不思議がらせたのは、その場所が鬼婆横町であるということであった。横町は新五番町の一部で、普通の江戸絵図には現われていないほどの狭い路で、俗にいう三町目谷の坂下から東へ入るのである。ここらの坂下は谷と呼ばれるほどの低地で、遠い昔には柳川という川が流れていたとか伝えられ、その川の名残りかとも思われる大溝が、狭く長い横町の北側を流れて、千鳥ケ淵の方向へ注ぎ入ることになっている。その横町を江戸時代には俗に鬼婆横町と呼び慣わしていた。

鬼婆という怖ろしい名がどうして起ったかと聞くと、いつの頃のことか知らないが、麹町通りの或る酒屋へ毎夕ひとりの老婆が一合の酒を買いに来る。時刻は暮れ六つの鐘のきこえるのを合図に、雨の夕も風の日もかならず欠かさずに買いに来るので、店の者も自然に懇意になって、老婆を相手に何かの世間話などをするようになったが、かれはこの近所の者であるというばかりで、決して自分の住所を明かさなかった。幾たび訊いても老婆はいつもあいまいな返事をくり返しているので、店の者共もすこしく不審に思って、事を好む一人が或るとき見え隠れにそのあとを付けて行くと、かれは三町目谷の坂下から東へ切れて、かの横町へはいったかと思うと忽ちに姿を消してしまったので、あとをつけて行った者は驚いて帰った。

その報告を聞いた酒屋ではいよいよ不審をいだいて、老婆が重ねて来たらば更に尾行してその正体を突きとめる手筈をきめていると、かれはその翌日から酒屋の店先にその姿をみせなくなった。その後、三日経っても、五日経っても、老婆は酒を買いに来なかった。かれは自分のあとを付けられたことを覚ったらしく、永久にその酒屋に近づかなくなったのである。

そういうわけで、かれの身許は勿論わからないが、かの横町へはいってその姿が消えたというので、かれは唯の人間でないという噂が伝えられて、その横町に鬼婆の名がかぶせられたのである。江戸が東京とかわった後、その大溝はよほど狭められ、さらに震災後の区劃整理によって、溝は暗渠《あんきょ》に作りかえられ、路幅も在来の三倍以上の広い明るい道路に生れ変って、まったく昔の姿を失ってしまったが、明治の末頃までは鬼婆横町の俗称が古老の口に残っていて、我れわれが子供の時代にはその物凄い名に小さい魂をおびやかされたものであった。

大田蜀山人《おおたしょくさんじん》の「一話一言」にもおなじような怪談が伝えられている。天明五年の頃、麹町に十兵衛という飴屋があって、平素から正直者として知られていたが、ある日の夕方に見馴れない男の子が来て店先に遊んでいるので、十兵衛は商売物の飴をやると彼はよろこんで帰った。その以来、夕方になると彼は飴を貰いに来た。それが幾日も続くばかりか、かつてここらに見かけない子供であるので、十兵衛もすこしく不審をいだいて、ある日ひそかにその後を付けてゆくと、彼は半蔵門の堤《どて》づたいに歩み去って、濠の中へはいってしまったので、さてはお濠に棲む河童《かっぱ》であろうと思った。男の子はその後しばらく姿を見せなかったが、ある日又たずねて来て、さきごろの飴の礼だといって、一枚の銭を呉れて行った。銭は表に馬の形があらわれていて、裏には十二支と東西南北の文字が彫られてあったということである。こうした類の怪談は江戸時代の山の手には多く伝えられていたらしい。

そこで、今夜かの三人の若侍が見たという怪しい老婆も、その場所が鬼婆横町であるだけに、もしやかの伝説の鬼婆ではないかという疑いが諸人の胸にわだかまって、歌留多はそっちのけに、専《もっぱ》らその妖婆の問題を研究するようになったのである。

「石川は遅いな。」と、言い合せたように二、三人の口から出た。

その時である、用人の鳥羽田重助があわただしくこの座敷へはいって来た。

「石川さんが御門前に坐っているそうでございます。」

「石川が坐っている……。どうした、どうした。」

待ち兼ねている人々はばらばらと座を起った。

二

石川房之丞が高原の屋敷の門前に坐っていたというのは、門番の報告である。門前が何か物騒がしいように思ったので、彼は窓から表を覗くと、一人の侍が傘をなげ捨てて刀をぬいて、そこらを無暗に斬り払っているようであったが、やがて刀を持ったままで雪のなかに坐り込んでしまった。

酔っているのかどうかしたのかと、門番は潜《くぐ》り門をあけて出ると、それはかの石川房之丞であることが判った。石川はよほど疲れたように、肩で大きい息をしながら空《くう》を睨んでいるので、ともかくも介抱して玄関へ連れ込んで、その次第を用人の鳥羽田に訴えると、鳥羽田もすぐ出て行って、女中たちに指図してまず石川のからだの雪を払わせ、水など飲ませて置いて奥へ知らせに来たのであった。

「さあ、しっかりしろ、しっかりしろ。」

大勢に取巻かれながら、石川は座敷へはいって来た。石川はことし二十歳で、去年から番入りをしている。彼の父は小笠原流の弓術を学んで、かつて太郎射手《たろういて》を勤めたこともあるというほどの達人であるから、その子の石川も弓をよく引いた。やや小兵《こひょう》ではあるが、色のあさ黒い、引緊《ひきしま》った顔の持主で、同じ年ごろの友達仲間にも元気のよい若者として知られていた。その石川の顔が今夜はひどく蒼ざめているのが人々の注意をひいて、主人の織衛は笑いながら訊いた。

「石川、どうした。気でも違ったか。」

「いや、気が違ったとも思いませんが……。」と、石川は俯向きながら答えた。「しかしまあ気が違ったようなものかも知れません。考えると、どうも不思議です。」

不思議という言葉に、人々は耳を引立てた。一座の瞳は一度に彼の上にあつまると、石川もだんだんに気が落ちついて来たらしく、主人の方に正しくむかって、いつものようにはきはきと語りつづけた。

「出先によんどころない用が出来て、時刻がすこし遅くなったので、急いで家を出て、鬼婆横町にさしかかると、横町の中ほどの大溝のきわに、ひとりの真っ白な婆が坐っているのです。」

「やっぱり坐っていたか。」と、堀口は思わず喙をいれた。

「むむ、坐っていた。」と、石川はうなずいた。「おかしいと思って近寄ると、その婆のすがたは見えなくなった。いや、見えなくなったのではない。いつの間にか二、三間さきへ引っ越しているのだ。いよいよおかしいと思って又近寄ると、婆のすがたは又二、三間さきに見える。なんだか焦らされているようで、おれも癪に障ったから、穿いている足駄《あしだ》をぬいで叩きつけると、婆の姿は消えてしまって、足駄は大溝のなかへ飛び込んだ。」

「やれ、やれ。」と、堀口は舌打ちした。

「仕方がないから、おれも思い切って跣足《はだし》になって、横町を足早に通りぬけると、それぎりで婆の姿は見えなくなった。これは自分の眼のせいかしらと思いながら、ここの屋敷の門前まで来ると、婆はもう先廻りをして雪の降る往来なかに坐っているのだ。貴様はなんだと声をかけても返事をしない。おれももう我慢が出来なくなったから、傘をほうり出して刀をぬいて、真っ向から斬り付けたが手応えがない。と思うと、婆はいつの間におれのうしろに坐っている。こん畜生と思って又斬ると、やっぱり何の手応えもなくって、今度はおれの右の方に坐っている。不思議なことには決して立たない、いつでも雪の上に坐っているのだ。

こうなると、おれも少しのぼせて来て、すぐに右の方へ斬り付けると、婆め今度は左に廻っている。左を斬ると、前に廻っている。前を斬ると、うしろに廻っている。なにしろ雪の激しく降るなかで、白い影のような奴がふわりふわりと動いているのだから、始末に負えない。おれもしまいには夢中になって、滅多なぐりに斬り散らしているうちに、息が切れ、からだが疲れて、そこにどっかりと坐り込んでしまったのだ。」

「婆はどうした。」と、神南が訊いた。

「どうしたか判らない。」と、石川は溜息をついた。「門番の眼にはなんにも見えなかったそうだ。」

「なんだろう。それが雪女郎《ゆきじょろう》というものかな。」と、他の一人が言った。

「それとも、やっぱり例の鬼婆かな。」と、又ひとりが言った。

「むむ。」と、主人の織衛はかんがえていた。「越後には雪女郎というものがあると聞いているが、それも嘘だか本当だか判らない。北国でいう雪志巻《ゆきしまき》のたぐいで、激しい雪が強い風に吹き巻かれて女のような形を見せるのだという者もある。鬼婆横町の鬼婆だっていつの昔のことか判らない。もし果してそんな婆が棲んでいるならば、今までにも誰か出逢った者がありそうなものだが、ついぞそんな噂を聴いたこともないからな。」

石川ひとりの出来事ならば、心の迷いとか眼のせいとかいうことになるのであるが、神南といい、堀口といい、森積といい、ほかにも三人の証人があるのであるから、織衛も一方に否認説を唱えながらも、さすがにそれを力強く主張するほどの自信もなかった。

さっきから待ちかねていた伜の余一郎は思い切って起ち上がった。

「お父さん、やっぱり私が行って見て来ましょう。」

「では、おれが案内する。」と、神南と堀口も起った。

まだほかにも五、六人起ちかかったが、夜中に大勢がどやどやと押出すのは、世間騒がせであるという主人の意見から、余一郎と神南と堀口の三人だけが出てゆくことになった。

むかしの俳句に「綱《つな》が立って綱《つな》が噂《うわさ》の雨夜《あまよ》哉《かな》」というのがある。渡辺綱が羅生門《らしょうもん》へ行きむかったあとで、綱は今頃どうしているだろうという噂の出るのは当然である。この席でもやはり、三人の噂をしているうちに、雪の夜はおいおいに更けた。余一郎らは張合い抜けのしたような顔をして引揚げて来て、屋敷から横町までの間には何物もみえなかった、横町は念のために二度も往復したが、そこにも犬ころ一匹の影さえ見いだされなかったと報告した。

「そうだろうな。」と、織衛はうなずいた。

そんなことに邪魔をされて、今夜の歌留多会はとうとうお流れになってしまった。夕方から用意してあった五目鮨がそこに持ち出され、人々は鮨を食って茶を飲んで、四つ頃（午後十時）まで雑談に耽っていたが、そのあいだにも石川はいつもほどの元気がなかった。それは武士たるものがかの妖婆に悩まされたということが、なにぶん面目ないのであろうと一座の者にも察せられた。

果して彼はひと足さきへ帰ると言い出した。

「御主人、今晩はいろいろ御厄介になりました。」

挨拶して起とうとする彼を、堀口はひき止めた。

「まあ、待てよ。どうせ同じ道じゃないか。一緒に帰るからもう少し話して行けよ。」

「いや、帰る。なんだか、風邪でも引いたようでぞくぞくするから。」

「ひとりで帰ると、又鬼婆にいじめられるぞ。」と、堀口は笑った。

石川は無言で袂を払って起った。

三

一座の話は四つ半頃(午後十一時)まで続いた。歌留多会は近日さらに催すということにして、二十人余りの若侍は主人に暇を告げて、どやどやと表へ出ると、更けるに連れて、雪はいよいよ激しくなった。思いのほかに風はなくて、細かい雪が静かに降りしきっているのであった。

「こりゃ、積もるぞ。あしたは止んでくれればいいが……。」

こんなことを言いながら、人々は門前で思い思いに別れた。神南佐太郎、堀口弥三郎、森積嘉兵衛、この三人はおなじ方角へ帰るのであるから、連れ立って鬼婆横町を通り抜けることになると、西から東へ抜ける狭い横町は北風をさえぎって、ここらの雪は音もなしに降っていた。南側の小屋敷の板塀や生垣はすべて白いなかに沈んで、北側の大溝も流れをせかれたように白く埋められていた。三人がつづいて横町へはいると、路ばたの大きい椎の木のこずえから、鴉らしい一羽の鳥がおどろかされたように飛び起った。

神南と堀口は先刻探険に来て、妖婆の姿がもう見えないことを承知していたが、それでもこの横町へ踏み込むと、幾分か緊張した気分にならないわけにはいかなかった。森積も同様であった。隙間もなく降る雪のあいだから、行く手に眼を配りながらたどって行くと、二番目に歩いている堀口が、何物にかつまずいた。それは足駄の片方であるらしかった。

「これは石川がさっき脱いだのかも知れないぞ。」

言うときに真っ先に進んでいる神南は、小声であっと叫んだ。

「あ。又あすこに婆らしいものがいるぞ。」

横町の中ほどの溝のふちには、さっきと同じように真っ白な物が坐っているらしかった。それはもう二間ほどの前であるので、三人は思わず立ちどまって透かし視ようとする間もなく、かの白い影は忽ちすっくと起ちあがった。

こちらの三人は、路が狭いのと、傘をさしているのとで、自由に身をかわすことが出来なかった。白い物は先に立っている神南の傘の下を掻いくぐって、二番目に立っている堀口に飛びかかった。

「さっきの一言おぼえているか。」

それが石川の声であると覚った時には、堀口は傘越しに肩さきを斬られて雪のなかに倒れていた。神南も森積もおどろいて前後から支えようとすると、石川は身をひるがえして大溝へ飛び込んで、川獺《かわうそ》のように素ばやく西のかたへ逃げ去った。あっけに取られたのは神南ら二人である。かれらは石川を追うよりもまず堀口を抱え起して介抱すると、疵は左の肩先を深く斬り下げられていた。幸いに堀口の屋敷は近所であるので、神南は残って彼を介抱し、森積はその次第を注進に駈けて行った。

堀口の屋敷から迎いの者が来て、手負いを連れて戻ったが、なにぶんにも疵が重いので治療が届かなかった。あくる朝、その知らせに驚かされて、高原の屋敷から余一郎が見舞にかけ付けた時には、堀口はもうこの世の人ではなかった。家内の人々の話によると、彼は苦しい息のあいだに、白い婆が枕もとに来ていると、幾たびか繰返して言ったそうである。それを聞いて余一郎はいよいよ顔色を暗くした。

下手人の石川の詮議は厳重になった。彼が堀口に斬りかかる時に「さっきの一言」と言ったのから想像すると、高原の屋敷で「一人で帰ると、また鬼婆にいじめられるぞ」と堀口にからかわれたのを根に持ったものらしい。それだけの意趣で竹馬の友ともいうべき堀口を殺害するとは、何分にも解し難いことであるという説もあったが、それを除いては他に子細がありそうにも思えなかった。殊に本人の口から「さっきの一言」と叫んだのであるから、それを証拠とするほかはなかった。それらの事情も本人を取押えれば明白になるのであるが、石川はその場から姿を消してしまって、自分の屋敷へも戻らなかった。

あくる十六日も雪は降りつづいた。堀口の屋敷では、今夜が通夜であるというので、高原の余一郎や、神南や森積は勿論、かるた会の仲間たちも昼間からみな寄り集まっていた。高原織衛も平生からの知合いといい、殊に自分の屋敷の歌留多会から起ったことであるので、伜ばかりを名代《みょうだい》に差出しても置かれまいと思って、日が暮れてから中間《ちゅうげん》ひとりに提灯を持たせて、自分も堀口の屋敷へ悔みにゆくことにした。灯ともし頃から小降りにはなったが、それでも細かい雪がしずかに降っていた。今夜も風のない夜であった。

三町目谷の坂下へ来かかると、麹町通りの方から雪を蹴るようにして足早に降りて来る人々があった。かれらは無提灯であったが、近寄るにしたがって織衛の提灯の火に照らし出されたのは、石川房之丞の父の房八郎と、その弟子の矢上鉄之助であった。二人ともに合羽《かっぱ》をきて、袴の股立《ももだ》ちを取って、草鞋をはいていた。房八郎は去年から伜に番入りをさせて、自分は隠居の身となったが、ふだんから丈夫な質《たち》であるので、今でも大勢の若い者を集めて弓術の指南をしている。ゆうべの一条について、彼は自分の責任としても伜のゆくえを早く探し出さなければならないというので、弟子の矢上を連れて早朝から心当りを隈《くま》なく尋ねて歩いたが、どこにも房之丞の立廻ったらしい形跡を見いだすことが出来ないで、唯今むなしく帰って来たところであった。

「卑怯な伜め。未練に逃げ隠れて親の顔にも泥を塗る、にくい奴でござる。」と、房八郎は嘆息した。

彼は見あたり次第に伜を引っ捕えて、詰腹を切らせる覚悟であったらしい。彼が平生の気性を知っている織衛は、それを察して気の毒にも思ったが、今更なんと言って慰める言葉もなかった。房八郎の師弟と織衛の主従とは相前後して鬼婆横町にはいると、その中程まで来かかった時に、織衛の中間は立ちどまって提灯をむこうへ差向けて、「あれ、あすこに……。」と、ややおびえたような声でささやいた。

大溝のふちには白い物が坐っていた。それが問題の妖婆かと、織衛がきっと見定めるひまもなく、房八郎は弟子に声をかけた。

「矢上、それ。」

師匠と弟子は走りかかって、左右からかの怪物を取押えると、怪物はのめるようにぐたりと前に倒れた。倒れると共に、それを埋めている雪の衣は崩れ落ちて、提灯の火の前にその正体をあらわした。彼は石川房之丞で、見ごとに腹をかき切っていた。ゆうべから何処に忍んでいて、いつこのところへ立戻って来たのか知らないが、彼はあたかもかの妖婆が坐っていたらしい所をえらんで、おなじように坐って、同じように雪に埋められて、真っ白になって死んでいたのであった。

四人は黙って顔をみあわせていた。

この事件あって以来、鬼婆横町の名がさらに世間に広まったが、雪中の妖婆は何の怪物であるか判らなかった。それが伝説の鬼婆であるとしても、なぜ或る時にかぎってその姿をあらわしたのか、そんな子細はもとより判ろう筈はなかった。かの妖婆をみたという四人の若侍のうちで、堀口は石川に殺され、石川は自殺した。なんにも係合いなしに通り過ぎた神南は、無事であった。かれに銭をあたえて通ったという森積は、その翌年の正月に抜擢されて破格の立身をした。

その後、この横町で、ふたたび鬼婆のすがたを認めたという者はなかった。

解説

都筑《つづき》道夫《みちお》（作家）

これは、昭和六十三年十月に、この文庫で出た『影を踏まれた女』につづく、岡本綺堂怪談集の二冊目である。おさめられた十三篇、大正の末から昭和ひと桁の作品が、ほとんどだ。江戸時代をあつかった作品の少いのが、今回の特徴で、四篇しかない。江戸時代と昭和のはじめを、取りあわせた作品が一篇。あとの五篇は、明治後半から、昭和にかけての現代小説だ。したがって、風俗的興味でも、ヴァラエティに富んでいる。その面を主にして、解説していきたいと思う。

岡本綺堂は『修禅寺《しゅぜんじ》物語』や、『鳥辺山《とりべやま》心中』『番町皿屋敷《ばんちょうさらやしき》』『権三《ごんざ》と助十《すけじゅう》』で知られる劇作家だから、小説は余技だったのかも知れない。その証拠に、若いころには、新聞にいくつも、長篇小説を連載したけれど、それも英米娯楽小説の翻案が、多かったらしい。劇作家として、成功してからの小説は、ほとんど短篇か、中篇にかぎられている。

しかも綺堂は、それを読物と呼んでいた。

余技だったとしても、綺堂のストーリイ・テラーの才能は、日本の推理小説のなかに、捕物帳という形式をつくりあげ、江戸末期に堕落した怪談を、近代小説として、復権させた。『半七捕物帳』や怪談の数かずは、半世紀以上たっても、古びていない。

ここに集められた怪談は、長いものでも、「水鬼」「西瓜」「白髪鬼」が五十枚前後。短いものでは、「停車場の少女」「離魂病」が二十枚前後、「百物語」はわずか十枚、いまでいえばショート・ショートだ。ただし、私の経験によれば、怪談は長いほうが、むつかしい。綺堂ほどの名手でも、五十枚となると、「白髪鬼」は渾然《こんぜん》とした出来ばえだが、「西瓜」は江戸時代の部分にくらべて、現代の物語がやや見おとりする。「水鬼」は異常な男女関係の物語としては、成功しているけれども、怪談のあじは薄い。

たとえば「西瓜」は、江戸の話だけを、先に書いたものかも知れない。最初から怪異がはじまって、余韻のある結末まで、一気に読ませる。首になり、西瓜になり、また首になり、西瓜になり、おなじくりかえしのようでいて、緊張が昂《たか》まるのは、平明で的確な文章の力だろう。例をあげると、

試みに割ってみようというので、彼は刀の小柄《こづか》を突き立ててきりきりと引きまわ

すと、西瓜は真っ紅な口をあけて、一匹の青い蛙を吐き出した。

きびきびした武士の動作が、目に見えるような文章だ。しかも、むだな言葉が、ひとつもない。「きりきりと引きまわす」という表現が、ことに効《き》いている。するどく小さな刃物で、大きな果実を手早く切りひらく動きを、見事に現しているではないか。内職に青物をつくっている旗本について、「何やら悪い噂のある屋敷」としかいわないのも、不気味な余韻を残した結末だ。

つづく現代のテンポのゆるいのは、対比のための計算だろう。怪異をいったん、心理的に否定してみせるのは、巧みな展開だけれども、再度、怪談にするのに、だいぶ苦労している。こうした構成は、むつかしいのだ。

その現代の部分に、電報をかける、という表現がある。「停車場の少女」にも出てくるが、これが明治、大正の東京人のいいかただった。声をかける、というように、電報ができたので、電報をかける（最初は「電信をかける」だったろう）といい、電話ができたので、電話をかける、といったのだ。電報を打つ、というのは、地方出身者がつかいはじめて、大正から昭和へと、一般にひろまっていったらしい。

その「停車場の少女」と「木曾の旅人」では、明治の箱根、明治の軽井沢がえがかれていて、若い読者には珍しいだろう。「指輪一つ」は、もっと珍しい。関東大震災直後の混乱を、地方から見た小説は、ほかにもあるのだろうか。

昭和三年発表の「白髪鬼」は、四谷から麴町が背景だが、時代は大正のはじめらしい。初酉の晩が発端だが、酉の市と書いても、江戸人、東京人はトリノマチといった。十一月最初の酉の市はハツトリで、一の酉とはいわない。場所は現在の新宿通りから、文化放送前の坂をくだって、また坂をのぼったところの須賀神社。町名は昔もいまも、須賀町だ。

新宿の花園神社の酉の市が、雑踏するようになったのは、敗戦後もだいぶたってからで、戦前、山の手のお酉さまといえば、まず須賀神社だった。四谷の通りには、商店がならんでいたが、以前の花園神社界隈は淋しかったのだ。昭和二十年代でさえ、歌舞伎町のはずれで、私の知りあいが、追剝《おいは》ぎにあったくらいである。

酉の市の帰り、須田と山岸が、お茶を飲みに入るのは、むさし屋の喫茶室らしい。日記を見ると、綺堂がしばしば利用している。私も子どものころ、兄につれられて、四谷駅の近くの喫茶店に入ったことがあるが、むさし屋かどうか、現在のどこに当たるか、はっきりしない。そのあと、山岸が須田をさそう鰻屋《うなぎや》は、いまも麴町二丁目(かつての四丁目)にある丹波屋にちがいない。

江戸時代からの老舗《しにせ》で、講談の『鼠小僧次郎吉』にも、あるじの丹波屋忠兵衛が登場する。講談の『鼠小僧』は、松林伯円《まつばやしはくえん》が明治に完成させたはずだから、当時の丹波屋主人の贔屓《ひいき》をうけた礼に、登場させたのだろう。旦那ばくちの上客として出てくるので、現代の目で見ると、宣伝になりそうもないが、明治の釈場《しゃくば》の客は、さすが有名店の旦那、と感心はしても、気にはしなかったらしい。

話がそれたが、この「白髪鬼」、不気味さをじわじわと盛りあげて、五十枚の長さを、長すぎると感じさせない。しかも、けっして派手になることなく、抑えた筆致で、怖さをにじみださせている。綺堂怪談のなかでも、屈指の作だろう。

きりっと引きしまった短篇らしい短篇、ということでは、「百物語」と「妖婆」をあげたい。「百物語」の幽霊は、本人が生きているうちに出る。生霊《いきりょう》というのは、怨みねたみの情念が凝って、相手のところに現れるのだが、これは関係のない場所に出て、なにもしないのだから、新しい。

たしかイギリスとフランスの作家が、おなじアイディアで、後年、短篇小説を書いて、それぞれに賞揚された。ところが、この話、西暦千七百年代の江戸の狂歌師、平秩東作《へずつとうさく》の随筆集『怪談老《おい》の杖』の一挿話を、綺堂が小説化したものだ、と種あかしをしたら、読者はおどろくに違いない。上州のある城、というのは、当時の厩橋、現在の前橋だ。

江戸後期の怪談は、舞台脚本や小説よりも、随筆のなかに、すぐれたものがある。

番町の鬼婆《おにばば》横町というのが、実在したかどうか、私は知らない。「普通の江戸絵図には現われていないほどの狭い路」と本文にもあるが、たしかに切絵図にも出ていないから、綺堂の創作した地名かも知れない。「妖婆」の舞台は、麹町谷町というから、現在の日本テレビの界隈だろう。そこの旗本屋敷で、正月十五日の雪の晩、歌留多《カルタ》会があって、若者たちがあつまった。

翌十六日の夜までの物語で、三十枚弱の最初《はな》からしまいまで、雪がふっている。ものの音の雪に吸われた静かさが、しんしんと感じられるようだ。武家屋敷ばかりの町だから、昼間でも淋しい。夜は月があっても、門も塀も高く、影ばかり多くて、街路灯のない時代だから、ひどく暗い。けれども、大雪のおかげで、ぼんやりと明るい晩、いまの一番町のどこか、恐しい名のついた横町に、雪だるまのような老婆が、すわりこんでいる。

つまり、「白髪鬼」とおなじ地域であり、綺堂が長年すんでいたところで、この怪談は展開するのである。話はすぐに怪しい老婆のことになるが、その出没が客観的には、語られない点に、注目していただきたい。会話のなかにしか、出てこない。そこに、綺堂の怪談づくりの秘訣がある。

古い東京の文学というものを探したら、金沢から出て来た泉鏡花などの、生きている内から幽霊か妖精のような美しい芸者ではなく、綺堂が描いた町の遊芸師匠や、お旗本の生き残りや、裏町住いの職人に、体温の通った純粋な姿が見つかるのだと思う。

と、大佛次郎《おさらぎ》が書いている。怪談をいったん後退させて、現実感を取りもどしながら、結末では現実と非現実とを、二重写しにして見せる。だから、綺堂の作品は、流行とかかわりなく、いつまでも新しいのである。ついでにいうと、この「妖婆」に引用される、

綱《つな》が立って綱《つな》が噂《うわさ》の雨夜《あまよ》哉《かな》

というのは、蕉門《しょうもん》十哲のひとり、榎本其角《えのもときかく》の句で、春雨《はるさめ》、という前書《まえがき》がついている。頼光《らいこう》四天王のひとり、渡辺の綱が鬼を退治するといって、雨のなかを、羅生門《らしょうもん》へでかけた。そのあとで、残りの三天王の坂田の金時《きんとき》、碓井《うすい》の貞光《さだみつ》、卜部《うらべ》の季武《すえたけ》が、「綱はもう、鬼にあったかな」なぞと、噂をしている、という句だ。綺堂はこの句が好きなのか、

『半七捕物帳』の『ズウフラ怪談』にも、つかっている。この文庫の『半七捕物帳』では、第四巻に入っているから、未読のかたはどうぞ。

解題

縄田《なわた》一男《かずお》
（文芸評論家）

本書『白髪鬼』は、先に光文社文庫から刊行された『影を踏まれた女』に次ぐ新装版岡本綺堂【怪談コレクション】の第二弾である。本書においても、旧版に付されている故都筑道夫《つづきみちお》の解説はそのまま収録し、本稿は解題的な事柄を記すにとどめた。

『白髪鬼』には、『影を踏まれた女』に収録されている「異妖編」「月の夜がたり」「影を踏まれた女」を除く、『近代異妖篇―綺堂読物集第三巻』（大正十五年十月　春陽堂刊）所収の「こま犬」「水鬼」「停車場の少女」「木曾の旅人」「鐘ケ淵」「指輪一つ」「離魂病」「百物語」を、そして『異妖新編―綺堂読物集第六巻』（昭和八年二月　春陽堂刊）所収の「西瓜」「鴛鴦鏡」「白髪鬼」「海亀」「妖婆」を、それぞれ選んで一巻とし、光文社文庫版の「近代異妖編」とした。

以下、個々の作品に解題を付す。

・「こま犬」大正十四年十一月十一日から十三日にかけて執筆。冒頭に「春の雪ふる宵に、わたしが小石川の青蛙堂に誘い出されて、もろもろの怪談を聞かされたことは、さきに発表した『青蛙堂鬼談』にくわしく書いた。しかしその夜の物語はあれだけで尽きているのではない。その席上でわたしがひそかに筆記したもの、あるいは記憶にとどめて書いたもの、数《かぞ》うればまだまだたくさんあるので」云々とあるのは、『近代異妖篇』が『青蛙堂鬼談』の続篇であることを明示したもので、以後、綺堂の怪談は、特に説明がない場合でも、怪談会の席上での男女の話を採録したもの、ということになっている。文中にある「時はあたかも神仏混淆《しんぶつこんこう》の禁じられた時代で」とあるのは、奈良時代にはじまった、わが国固有の神の信仰と仏教信仰を折衷、融合調和する考えが、慶応四年、維新政府が祭政一致の方針により、神仏習合を廃止した神仏分離によって否定されたことを指す。また夜啼石《よなきいし》は、夜になると石が啼き出す伝説の類を有する石を指し、静岡県掛川市東端、旧東海道沿いにある小夜中山の夜啼石は古くから有名。

•「水鬼」　大正十三年九月二十二日から二十七日にかけて執筆。平家の怨霊を扱った作品には他に戯曲「平家蟹」（明治四十四年九月執筆。明治四十五年四月、浪花座で初演。学研M文庫・東雅夫編『伝奇ノ匣2・岡本綺堂妖術伝奇集』所収）があり、東雅夫は「壇ノ浦での平家滅亡の悲劇を背景とする『平家蟹』は、『玉藻の前』や『小坂部姫』の先駆をなす迫真の妖女譚。岡本経一『綺堂年代記』によれば、少年時代に愛読した草双紙の一篇に、五柳亭徳升の『西国奇聞月廻夜神楽《つきよのかぐら》』があった。下野国那須のお家騒動に取材した話で、平家の官女・玉虫の怨霊が漁師の娘に憑依《ひょうい》し、『扇の的』の恨み尽きせぬ那須与一《なすのよいち》の子孫に祟る……といった筋立。その中に緋の袴に桧扇をかざした官女が、巨大な平家蟹の甲羅に乗って海底から現われる挿絵があったのを印象深く記憶していて、三十余年後に本篇を書いたという」と記している。

・「停車場の少女」執筆期間不詳。

・「木曾の旅人」岡本綺堂の怪談の代表作の一つである。青蛙房版『岡本綺堂読物選集④異妖編上巻』（昭和四十四年五月）の岡本経一のあとがきに「明治三十年代の文芸倶楽部に彼（岡本綺堂）は『木曾のえてもの』という随筆をかいている。『明治二十四年三月、父に従って軽井沢に赴く』とある、その時に木曾の杣から聞いた話である」と記されている。東雅夫「怪談作家の揺籃―日本妖怪実譚をめぐって―」（「文芸別冊・岡本綺堂」河出書房新社、平成十六年一月刊、所収）は、この「木曾のえても の」のテキストクリティックを行った論考。東によれば、この「木曾の怪物《えてもの》」は、明治三十五年四月から十二月にかけて、「文芸倶楽部」に連載された「日本妖怪実譚」及び「西洋妖怪実譚」というコラムの中の一本。「木曾の怪物」は、木曾の山中で化物がさまざまに杣を化かすという「木曾の旅人」の前半を成すもの。綺堂はこの「木曾の怪物」（「文芸倶楽部」明治三十五年七月号）を麹生の名で発表している他、狂生、不語堂等の筆名を用いて「お住の霊」、「河童小僧」、「池袋の怪」、「画工と幽霊」等を発表している。このうち、「お住の霊」は『半七捕物帳』の第一話「お文の魂」の、そして「河童小僧」も同じく「お照の父」の原型と見られ、東は「綺堂が『日本妖怪実譚』に寄せた怪談話は、いずれも精彩ある筆致で怪異を叙しながら、その背景に、失われゆく旧幕時代の世態人情を点描して、他の寄稿者のそれとは微妙に一線を画しているように感じられるのだが、おそらくそこには、相次いで冥界《めいかい》へと旅立った先達（百物語怪談会の主催者、條野採菊は明治三十五年一月に、父純は四月に没）への追慕と哀悼の思いが、幽《かそけ》くも揺曳《ようえい》しているのであろう。／思えばそれは、後に綺堂が手がける数多くの怪談小説や捕物帳の得がたい特色でもあった」と記している。ちなみにこの「木曾の怪物」と加門七海《かもんななみ》が言及したこの怪談が流布《るふ》されていることを示す資料『信濃怪奇伝説集』所収の「蓮華温泉の怪話」は、いずれも、学研M文庫・東雅夫編『伝奇ノ匣2・岡本綺堂妖術伝奇集』で読むことが出来る。

・「西瓜」　文中に「その年の二月、行徳《ぎようとく》の浜に鯨が流れ寄ったという記事から想像すると、それは享保十九年の出来事であるらしい」とあるが、『定本武江年表（上）今井金吾校訂』（平成十五年十月、ちくま文庫）の「享保十九年　甲寅《きのえとら》（一七三四）」の項に「二月二十日、行徳高谷村の浜、鯨二ツ流寄る（五尋二尺）。両国橋辺広場に出して看せ物とす」とある。

・「鴛鴦鏡」　昭和三年十月二日から七日にかけて執筆。

・「鐘ケ淵」　大正十四年二月二十八日執筆。浜田義一郎監修『江戸文学地名辞典』（昭和四十八年八月、東京堂出版刊）によれば鐘ケ淵は「綾瀬川が隅田川に注ぐやや下流をいい、今は墨田区堤通三丁目となり、鐘紡・鐘淵中学などがある。地名の由来については諸説あっていずれとも一定せぬ。『風土記稿』亀戸普門院の条に／享保十二年再鋳の鐘にて、銘に寺草創の大略を記す。相伝う古鐘は元和二年、旧地（注・橋場村）より当所へ移つりし時、船に載せて隅田川を渡さんとて中流にて誤り落せり。よりて取り揚げんとせしかど、いかなる故にや終に果たさず。是今の鐘ケ淵なりと、されど彼の鐘が淵の事は一説に橋場長昌寺（注・台東区今戸二丁目在）の鐘なりといえば、何れを正しとせんかしばらく伝のままを記せり。／と記しているが、江戸地誌に詳しい瀬名貞雄は、長昌寺の鐘と断定している（武江披砂）」とある。

・「指輪一つ」　大正十四年八月二十八日から二十九日にかけて執筆。都筑道夫の解説にあるように「関東大震災直後の混乱を、地方から見た小説」として珍しい作品。綺堂は、麹町元園町の家を焼け出され、紀尾井町の小林蹴月宅、市外高田町大原の額田六《ぬかたろっ》福《ぷく》宅といった具合に、親戚・門人宅を転々とし、麻布区宮村町十番地の貸家にようやく腰を落ち着けている。この間の事情は、「震災の記」（河出文庫『綺堂随筆江戸の思い出』所収）に詳しい。

・「白髪鬼」　昭和三年八月九日から十四日にかけて執筆。綺堂には、この作品の他にも「鰻に呪われた男」等、鰻の登場する怪談があるが、岡本経一は「作者自身は極めて現実的な常識人であった。とかく怪談作家といえば、常軌を逸した環境に住むように見られるが、その生活振りなり、執筆態度なりは特筆に値するであろう。好んで鰻の怪談を書きながら、最も鰻が好物であったなぞ、その間の消息を物語っている」（『綺堂年代記』、昭和二十六年三月、同光社刊）と記している。

・「離魂病」　大正十四年七月十六日から十七日にかけて執筆。文中にある「只野あや女《じょ》、後に真葛尼《まくずに》」とは、江戸期の女性文人只野真葛のこと。父は『赤蝦夷風説考』を上申した工藤平助。『むかしばなし』『独考』等の著作がある。真葛を主人公にした小説に永井路子『葛の葉抄―あや子、江戸を生きる』（平成七年三月、ＰＨＰ研究所刊）がある。

・「海亀」　横山泰子は『綺堂は語る、半七が走る―魔界都市江戸東京―』（平成十四年十二月、教育出版刊）の第二章「水の生き物たちの反撃」において、前述の戯曲「平家蟹」に次いで「海亀」を取り上げ、これを特異な動物パニック物とし、「綺堂の『海亀』は、亀の呪いか復讐か、なぜ出現したのかわからない亀の大群を描く。そして、そのわけのわからなさは、結局は人間が自然を理解し、掌握することが出来ないことと関係している。出現の理由がわかっても、わからなくても、舟の上で亀に襲われたら、人間は無力である」と記している。

・「百物語」　執筆期間不詳。

・「妖婆」　昭和三年四月十二日から十三日にかけて執筆。二十三日訂正。

※執筆年月日は『岡本綺堂日記』（昭和六十二年十二月、青蛙房刊）及び『岡本綺堂日記・續』（平成元年三月、青蛙房刊）による。

なお、都筑道夫の解説中に引用されている大佛次郎の文章は『岡本綺堂読物選集④異妖編』の巻頭に据えられたエッセイ「綺堂作品」である。優れた綺堂論にもなっているので、最後にその全文を掲げて本稿の結びとしたい。

歌舞伎の舞台に絢爛たる名作「修禅寺物語」「尾上伊太八」「鳥辺山心中」等を書いた

岡本綺堂は、側面に「半七捕物帳」以下の優れた読物を遺してくれた。歌舞伎の舞台では、誇張やアクセントの強さが要求されがちのものだが、この読物の分野では、如何にも江戸前に淡々とした東京人の綺堂先生の面影を伝えて、着こなれた浴衣の肌ざわりの涼しさである。無理がなく素直に、読者の胸に伝わって来る。

元来、日本の文壇文学は、西洋に追着こうと背のびした努力が目立ち、どうしたものか、主として地方から出て来た人々の勉強に任されてあったもので、どことなく汗臭く、胃弱の人間に耐え得ぬ性質が附きまとった。それとは別に明治以来、別に勤勉努力もせず、自分が書きたいことを書いて楽しんでいた人々がある。文壇から戯作者のように見られていたが、案外にこの人たちの作品の中に、昔からの日本の文学を根つぎして花を咲かせたものがあった。努力よりも遊びが見えるのは、自分の楽しみの為に書いたからで、人あたりが柔かく、芯は無類に堅儀で誠実で、思いやり深く出来ている都会人の人柄から生れたせいであった。文壇の文学をそっくり田舎のひとの勤勉努力に任せて、自分たちは文士などとは考えず、楽しんで物を作り、わかる人だけに解って貰うのに謙虚に満足していた。この一列の輝かしい星座に綺堂の作品がある。「半七捕物帳」「三浦老人昔話」「青蛙堂鬼談」など、純粋に町の文学であって、あくどい自己主張など微塵もなく、材料の味をそのまま生かすのを料理のこつと心得て、こなれよく読者に渡してくれた親切な小説である。

綺堂は若い頃英国大使館に職を持っていたくらいで、なまなかの文学者にないほど外国文学に通暁していた。そんなことは素ぶりにも見せないで、この広い読書を下敷にして江戸や昔の東京の話を書いていた。フランスで言えば、美しい短篇を書いて、決して自分を出すことをしなかったカルメン、コロンバの作者プロスメル・メリメを日本に生れさせたようなもの、技巧は愚か、書いた手を一切感じさせぬ達人の文章である。夕涼みの縁台に、人好きのよい老人の昔話を聞く思いがするだろう。また綺堂は、実際に人に語らせる手法を好んで用いている。ほんとうの日本らしい文学は思いがけなく、ここいらに、まだ青い根を留めているのである。古い東京の文学というものを探したら、金沢から出て来た泉鏡花などの、生きている内から幽霊か妖精のような美しい芸者ではなく、綺堂が描いた町の遊芸師匠や、お旗本の生き残りや、裏町住いの職人に、体温の通った純粋な姿が見つかるのだと思う。

お化けの話も、石油ランプをつけていた古い明治の東京では、実に普通の町の話題であった。私など子供の頃、あすこには幽霊が出るという家のあるのを教えられたり、同じ話のある土蔵を、梅雨の烟る中に見たものであった。夏になると芝居や寄席に必ず怪談が出て、人が可怖る支度をした。綺堂先生の著作に、その時代のしっとりと落着いた季節の匂いがあり、しかも見えない下地になって外国文学がある。明治大正は自から古いところと並んで西洋の好みがある時代であったが、今日でも新鮮でハイカラな理由なのである。

私にも、この新らしい出版で、おさらいする機会を得たのを悦びたい。コンピューターの現代の、始めての読者にも、思いがけない収穫と見て貰えるのに違いない。人間の大通が隠れて書いた読物集なのである。今日はもう稀れと成った世話な味を充分賞味していただくことが出来ると思う。

最後の〝コンピューターの〟を〝ITの〟とでも替えれば、これはそのまま今に通じる文章になろう。

初出誌一覧

『こま犬』　大正14年11月作「現代」
『水鬼』　大正13年9月作「講談倶樂部」
『停車場の少女』　大正14年5月作「講談倶樂部」
『木曾の旅人』　明治30年「文藝倶樂部」
『西瓜』　昭和7年2月作「文學時代」
『鴛鴦鏡』　昭和3年10月作「新青年」
『鐘ケ淵』　大正14年2月作「みつこし」
『指輪一つ』　大正14年8月作「講談倶樂部」
『白髪鬼』　昭和3年8月作「文藝倶樂部」
『離魂病』　大正14年7月作「新小説」
『海亀』　昭和9年8月作「日の出」
『百物語』　初出誌不詳
『妖婆』　昭和3年4月作「文藝倶樂部」

＊本文中、今日の観点からみて差別的と思われる表現がありますが、作品が発表された当時の状況や作品に描かれた時代背景を考慮し、また本書の文学史における位置づけや、著者がすでに故人であることなどを考え併せ、先行するテキストに準じました。読者の皆様に御理解を賜りたくお願いいたします。

（編集部）

光文社文庫

【怪談コレクション】
白《はく》髪《はつ》鬼《き》 新装版
著者 岡《おか》本《もと》綺《き》堂《どう》

2006年6月20日 初版1刷発行

発行者 篠原睦子
印刷 豊国印刷
製本 フォーネット社

発行所 株式会社 光文社
〒112-8011 東京都文京区音羽1-16-6
電話 (03)5395-8149 編集部
8114 販売部
8125 業務部

ISBN4-334-74085-5 Printed in Japan

お願い　光文社文庫をお読みになって、いかがでございましたか。「読後の感想」を編集部あてに、ぜひお送りください。

このほか光文社文庫では、どんな本をお読みになりましたか。これから、どういう本をご希望ですか。

どの本も、誤植がないようつとめていますが、もしお気づきの点がございましたら、お教えください。ご職業、ご年齢などもお書きそえいただければ幸いです。当社の規定により本来の目的以外に使用せず、大切に扱わせていただきます。

光文社文庫編集部

大好評！ 光文社文庫の2大捕物帳

岡本綺堂

半七捕物帳 新装版 全六巻

■時代推理小説

都筑道夫

〈なめくじ長屋捕物さわぎ〉

■連作時代本格推理

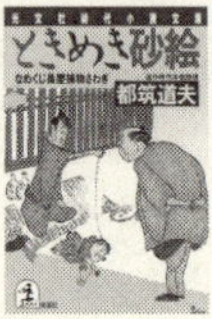

ときめき砂絵
かげろう砂絵
くらやみ砂絵
いなずま砂絵
きまぐれ砂絵
ちみどろ砂絵
おもしろ砂絵
あやかし砂絵
さかしま砂絵
まぼろし砂絵
からくり砂絵
全十一巻

光文社文庫